捨てない生きかた

五木寛之

マガジンハウス新書
001

まえがき——「捨てない生きかた」も悪くない

この本を書くには勇気がいりました。なにしろ「断捨離《だんしゃり》」という発想はすでに、社会に大きなインパクトを与えていたからです。

最近、いわゆる「断捨離ブーム」が再燃したような気がします。暮らしの簡素化がいろいろなところで盛んに叫ばれているのはコロナの影響かもしれません。

ステイホームで不要不急の外出はしない。人と会わない。身のまわりを飾る必要もなくなってシンプルな生活が日常化すれば、モノに囲まれたいままでの暮らしが滑稽《こっけい》にさえ感じられてくるのかもしれません。「不要不急なモノは捨ててしまえ」という衝動に駆られても不思議ではありません。

ぼくは、ひねくれた人間です。流行に逆らうことにひそかな生き甲斐を感じてきたようなところがあります。表面的には時流に追従しているふりをして、心のなかではそれを演じている自分を面白がっている、そんなねじれた子供でした。

いまもその性格のねじれは、改《あらた》まるどころか年とともに強まってきたらしい。「不要不急」という表現に、おや、と思うのです。

必要を満たすだけで、人は生きていけるのでしょうか。

そもそもこの地球において、私たち人間こそが「不要不急」な存在なのではないか――。

しかし、不要不急な人間にも生きる意味があるとすれば、不要不急なモノたちにも断捨離されない理由があるはずです。

ジョルジオ・アルマーニというたいへん有名なイタリアのファッションデザイナーがいます。一九三四年生まれです。彼のインタビューが二〇二一年六月の読売新聞に載っていました。

今回のコロナ禍について、アルマーニ氏は「あらゆるもののスピードを落として、配置転換する機会になると思う」と述べています。

そして、ファッション業界は立ち止まって考える時期にきており、移り変わる流行に翻弄《ほんろう》されないものをつくる必要がある。いつも着ていて長持ちするものをつくること、それがファッション業界がとるべき持続可能な道なのだ——と。

大量に衣服を買い込んで短期間だけ着て捨ててしまう時代ではない、という意見にはぼくも賛成です。「多くを入手して、多くを捨てる」という方法は、けっして持続可能なライフスタイルではありません。

「アルマーニ」は上級国民御用達と思われているようなファッションブランドです。

そんな高級ブランドの総師が、時代を見つめながら語る言葉が、ぼくにはとても新鮮に聞こえました。

＊

中世、法然《ほうねん》を源流とする日本の浄土教は「捨てる」ことを出発点としました。当時の最高学府であった比叡山でとびぬけた秀才であった法然は、やがて山を降りて世俗の巷《ちまた》に身を投じます。彼は「余計な知識を捨てろ、赤子のように無心に念仏ひと筋に帰せ」と語り、その思想は親鸞《しんらん》、一遍《いっぺん》に引き継がれました。

親鸞も比叡山を中退した人です。日蓮も道元も出世コースを捨てました。究極は遊行僧の一遍で、「捨聖《すてひじり》」と呼ばれていました。

中世には、世を捨てて簡素な生活に身を投じる、隠遁《いんとん》と呼ばれるライフスタイルが文人や貴族のあいだで流行しました。捨てようにも捨てられないしがらみのなかで生きる人々は「捨てる生きかた」に憧れ、鴨長明など多くの隠遁スターが生まれました。

そうした東洋的な思想とかすかにつながっているところから、現代の「断捨離」が欧米でも注目を集めたのでしょう。モノたちに感謝し合掌して捨てる、といったアイデアも新鮮だったと思います。


ぼく自身、「捨てる生きかた」に憧れを抱いてきたひとりでした。ですが、戦後のモノ不足のなかで育ち、ぎりぎりのアルバイト生活で青年期を過ごし、いつのまにかモノに囲まれて暮らすようになっていました。

九州から上京して大学に入った当初は、泊まる部屋さえありませんでした。いままでいうホームレス生活です。「捨てる」どころか、「拾う」ものはないかとキョロキョロしていたのです。

＊

「捨てない生きかた」も悪くない――。

手に入れるのに苦労したとしても、たやすく手に入ったとしても、いまそこにあるモノには、手に入れたときの感情と風景、そして数年、数十年とともに時を過ごしてきた〈記憶〉が宿《やど》っています。

捨てるな、とはけっして言いません。しかし、モノをどうしても捨てられない気持ち、そして、モノを捨てない生きかたということには、素敵な道理がちゃんとあるということを知っておいていただきたいのです。

五木　寛之

捨てない生きかた◎もくじ

第二章　人生百年時代は「ガラクタ」とともに生きる

第三章　私流・捨てない生活

第四章 捨てることの難しさ

第五章 失われつつある、町の記憶

第六章　この国が捨ててきたもの

第一章

モノやヒトとの距離感

とにかく捨てない。愚直にそのことを続ける

今日までの自分の暮らしを振り返ってみて、ふと笑いだしたくなるときがあります。それは、なぜか「捨てない」という生きかたが無意識のうちに続いてきていることです。

最近、ポスト・コロナへの期待として、「サスティナブル」という言葉がよく使われるようになりました。「持続可能な」という説明がついていることもありますが、要するに長く続くことを期待する表現でしょう。

モノもコトも、長く持続するところに大事な意味があるような気がするのです。振り返ってみると、私の歩いてきた道も、持続することにずっとこだわり続けてきたよ

うな気がしてなりません。

とにかく捨てない。

愚直にそのことを続ける――。

そこにどんな意味があるかはわかりませんが、持続する生きかたが自然と身についてきた人生でした。


たとえば、ラジオへのこだわりもそうです。テレビがメディアの王座を占めていた時代、ラジオの世界はどこか取り残されたような気配がありました。SNSの時代ともなれば、なおさらです。

しかし、私はラジオの黄金時代を生きた人間です。仕事としても、深くかかわってきました。

民俗学者の宮本常一《つねいち》は、その本のなかでこんなことを書いていました。

地方の村や町を歩いていると、いつもどこからともなく『三つの歌』のラジオ番組が流れてくる、と。

私は子供のころ、ラジオから流れてくる『宮本武蔵』の朗読を欠かさず聴いていました。徳川夢声《むせい》の語りの名調子は、いまも耳に残っています。

そして、昭和十六年十二月八日の太平洋戦争の開戦のニュース。敗戦の宣言もラジオで聴きました。

中学生時代はラジオから流れる歌に心を揺さぶられ、『えり子とともに』など数々のラジオドラマに夢中になりました。


大学を横に出て（中退のこと）マスコミの末端にかかわる仕事についたのは、ラジオ関東という当時の新しいラジオ局での仕事でした。

やがてＴＢＳやＮＨＫで、放送作家の道を歩むようになります。当時はまだ構成作家などという名前はありませんでしたが、永六輔や野坂昭如《あきゆき》、井上ひさしなどの気鋭の書き手がそろってラジオから巣立っていった時代でした。

私が構成していたNHKの番組『夜のステレオ』では、当時ピカピカの新人アナだった下重暁子さんがナレーターを担当してくれていたことも懐かしい思い出です。

やがて作家として小説を書くようになったあとも、私はラジオにこだわり続けていました。TBSの夜の番組『五木寛之の夜』は、自作自演の夜の番組でした。同じくTBSで『小沢昭一的こころ』に出演していた故・小沢昭一さんとは、よく深夜のラジオ局のトイレで顔を合わせたものです。

この番組は二十五年続けました。作家として、気が狂うほど多忙な時期でも番組は死守したつもりです。〈深夜の友は真の友～〉というナレーションを憶えていらっしゃる方もおられるかもしれません。

その番組が終わったあとも、ラジオの世界とは離れませんでした。NHKの『ラジオ深夜便』に移って、いま現在も夜のトークを続けています。

二十代の後半から今日まで、六十年間ずっとラジオにかかわり続けてきたのです。

原稿を書くほうも「持続すること」を大事にやってきました。『日刊ゲンダイ』というちょっと過激な夕刊新聞の連載コラムは、創刊以来四十六年間ずっと休まず続けています。「世界の新聞界で最も長期にわたるコラム」としてギネスの認定を受けたのは、すでに二十年ちかく昔のことでした。

*

自慢話のようで気が引けるのですが、私が選考委員をやっている九州芸術祭文学賞は五十余年、泉鏡花文学賞の選考委員は四十九年続けています。

長くやればいい、というものではないことはわかっています。しかし、ひとつのことを投げ捨てずに続けることが私のモットーです。もう無理だと自分で思うようになれば、いつでも身を引くつもりですが、『ラジオ深夜便』の仕事も当分は続けることになるでしょう。

「捨てない」というのは、そういうことです。モノを溜《た》め込むだけではありません。人との縁も捨てない。いったん始めた仕事も捨てない。書く力があるあいだは書き続ける。命ある限りは生き続ける。そんな感じです。

いずれメディアの表舞台からリタイアしたときは、古いモノたちや資料に埋もれて残りの日々を大事に過ごしたいと思うのです。

増えゆくモノたちと、どう暮らしていくか

私たちの身のまわりには、いろんなモノがあります。高価なモノもあれば、安価なモノもある。役に立つモノもあれば、不必要としか思えないモノもあります。

モノが身のまわりにどんどん増えていって始末に負えないというのは、私たち現代人が抱えている共通の悩みだと思います。

ここ十年ほどで、「終活」ということがよく言われるようになりました。「生前整理」という言葉も一般的に使われています。人生の後半期を生きる人たちは、そういったことに自然に敏感になっていくのでしょう。

しかし最近は、若い人たちもまた一種のプレッシャーを強く感じているようです。身のまわりをスッキリさせなければいけない、という圧迫感。生活情報を扱う雑誌やテレビ番組が、シンプルライフの話題を盛んに特集するのはそのためでしょう。

以前、近藤麻理恵さんという方の「こんまりメソッド」という片づけ術が大きな話題となりましたが、その後、日本ばかりでなくアメリカに進出して、海外で一大ブームになっているという。ぼくも彼女の番組をみたことがあります。アメリカの家庭を訪問して片づけ術を伝授していくという興味ぶかいリアリティ番組でした。

それほど長い歴史をもっているわけではない、合理性第一のように見えるアメリカという国の人たちでさえ、家の中ではモノが山のように溜《た》まっていき、そのことについてものすごいプレッシャーを感じているようです。

非常に日本的な「感謝しながら捨てよう」というシンプルなメッセージに共感が集まり、大きな話題になったりする時代を象徴するようなブームでした。

じつはこんなところに、現在の、世界の文化的な生活というもののひずみがあらわれていると言えるかもしれません。

現代社会は、いわゆる富裕層と貧困層に人々が分かれ、大きな格差が生じているとよく言われます。モノが余って処理できない人たちもいるし、モノが足りなくて困っている人たちも大勢います。

世界規模から言えば、すべての人たちが身のまわりにモノがあふれ、モノに過剰に取り囲まれてアップアップしているわけではありません。

とりわけ世界のなかで文化や経済などが豊かな国や場所で、とくにそういう現象、身のまわりをスッキリさせなければいけない、という圧迫感が生じているような気がするのです。

シンプルライフにひそむ「空虚さ」

ワンルームという言葉に象徴されるように、都会で暮らしている若い人たちは、とても狭い空間のなかで生きています。部屋にはできるだけ何も置かず、服をしまうクローゼットも必要とせず、壁際にズボン一本とシャツを二枚だけ吊《つ》るしておけばそれでいい、という人もけっこういるようです。

ぼくは、それはそれで潔《いさぎよ》い生きかただと思います。シンプルな生活を否定することはしません。ですが、やはりそういう暮らしぶりというのは、ときにとても空虚《くうきょ》な感じがするのではないか。

身体を横たえる場所もないくらいにモノがあふれている部屋、それもまた味わい深いものではないでしょうか。

世代によって違いますけれども、昔のヒーローもののグッズだったりほかのものだったり、いろんなモノに囲まれている。ゴミ屋敷というと言い過ぎになりますが、そういうなかで、日々万年床で寝るような暮らしも、それはそれでひとつの豊かな精神世界ではないかという感じがするのです。


地方の、過疎化したと言われるような村へ行くと、土壁の蔵のある家をよく見かけます。そういう土蔵には、明治時代よりもっと古い、江戸時代やその前の時代からの骨董品が仕舞い込まれています。

福岡のぼくの親戚の家にも土蔵があります。昭和二十二年に朝鮮半島から引き揚げてきて親戚の住む村で暮らしたときには、よくその土蔵のなかに勝手に潜《もぐ》り込んだものでした。

古い雑誌をはじめ読むものもたくさん仕舞い込まれていたので、こっそり潜り込んで探索しました。アドベンチャーに挑んでいるようで、うれしく、胸の躍《おど》る思いをしたことを覚えています。

都会のワンルームにしても地方の村の土蔵にしても、そういうところに山ほど詰まっているのは、確かに不要不急のモノたちかもしれません。そして、そういうものを全部捨て、合理的に暮らすことが、文明化と呼ばれ、近代化と呼ばれてきたように思います。

しかし、コロナ禍によって私たちは新たな経験をしました。まだ終わったわけではありませんし、歴史的な事実になったわけでもないのですが、ひょっとしたらこれが新しい時代、〈捨てない生きかた〉のはじまりのような気がしてならないのです。

モノに囲まれる生活が孤独を癒やす

ヨーロッパを中心に、十九世紀末から二十世紀の初めにかけてアール・ヌーボーという様式が大流行した時代がありました。いろんな装飾品を身のまわりいっぱい部屋中に飾るというような、デコラティブな暮らしが好まれた時代です。

いまはそういう時代ではありません。装飾をかえって嫌います。ミニマリズムと言われている北欧系の家具に見られるような、どちらかというと直線的でシンプルな形が好まれるライフスタイルが主流になっているようです。

ファッションもずいぶん変わりました。戦後の一時期を彩ったロカビリーやみゆき族、アイビーやヨーロピアンなどとは違って、男性も女性もいまの服装はとてもシンプルです。ジーパンとTシャツがあればそれで済んでしまいます。

クローゼットのなかには何もなく、えっ、こんなにすっきりと暮らしているの、と感心されるような暮らしかたが、今風のアーバンライフとして支持され慫慂《しょうよう》されているという流れがあります。身のまわりに雑多なモノがあるのは、ネガティブなイメージとして受け取られます。

モノに埋もれて辟易《へきえき》している現代人というものから脱出しようとして、十年ほど前に断捨離《だんしゃり》という言葉がたいへん話題になりました。そういった捨てるということに熱意を燃やした時期があって、現在もまだその流れのなかにあるようです。

しかし、これから人生百年という時代が本格的にやってきます。五十歳を過ぎて、さらにあと五十年も生きなければいけないという時代になってくると、ぼくなどはまさにそうですが、人間関係において、先に逝《ゆ》く友人知人はどんどん増えてくるし、まわりの人たちとかかわる仕事の場もまた少なくなっていきます。

そうなっていくと、孤独というのでしょうか、やはりそういうものが非常に大きな問題として私たちの目の前に立ち現れてくるわけです。

ぼくは、孤独を癒やすひとつのようすが〈縁〉として、モノに囲まれて暮らすということがあると思っています。

モノに囲まれているということは、じつは〈記憶〉とともに生きているということなのです。

モノは「記憶」を呼び覚ます装置である

モノには、「モノ」そのものと同時に、そこから導き出されてくるところの「記憶」というものがあります。モノは記憶を呼び覚ます装置です。

ぼくはこれを「依代《よりしろ》」と呼んでいます。「憑代《よりしろ》」とも書きます。

ぼくの場合、この依代の筆頭となるものの一つをあげれば、たとえば〈靴〉ということになるかもしれません。

そもそも、靴は、ぼくにとってファッション以上の意味をもつモノです。日本が敗戦し、ぼくたちは平壌《ピョンヤン》を脱出し、三十八度線を徒歩で越えました。夜の暗闇をひたすら歩き続け、開城《ケソン》近くの難民キャンプにたどりついたときには、わずかな人数になっていました。

途中で脱落した人たちの多くは、ちゃんとした靴を履いていなかったのです。靴が命を支えました。そんな少年時代の記憶が、靴そのものに宿っています。

はじめて上京したのは一九五二年のことでしたが、ぼくは旧軍隊の軍靴《ぐんか》を履いていました。ブカブカでしたが、それでも革靴だというプライドがあり、しばらく履き続けていました。

もちろんその頃、すでに意識していたわけではありませんが、〈捨てない生きかた〉ということの原風景が当時の記憶にあるように思います。

自分ではじめて靴を買ったのは一九五〇年代が終わろうとするころです。エルヴィス・プレスリーがカバーした「ブルー・スエード・シューズ」（※）が流行《はや》っていました。タイトルそのままの青いスエードの靴を買いました。

ところが、あまりにも派手すぎて、履いて出かける機会がないまま半世紀以上が経ち、ブルー・スエード・シューズはいまも部屋の片隅に鎮座したままです。

でも、ときおり、地中海ブルーと呼ばれたきれいな青色だったはずの、いまはほとんど黒色と化したその靴を見ると、二十代の日々が鮮やかに蘇ってくるのです。

パンタロンの全盛時代には、かかとの高いロンドン・ブーツを買ったこともあります。これもまた、一度も履く機会のないまま、壁際にホコリをかぶって転がっています。

その靴を買ったのは一九六八年の六月のことでしたが、一目見るだけで、年月とともに当時の様子までが鮮やかに蘇ります。

※「ブルー・スエード・シューズ」(*Blue Suede Shoes*)……原曲は、一九五六年に米国のロカビリー歌手カール・パーキンスが発表。ロカビリー、ロックンロールのスタンダード曲として、多数のアーティストにカバーされている。

「記録」ではなく、「記憶」を大切に

その時代のことを知りたいと思ったとき、私たちはどうするでしょうか。たいていは、年表を参考にするようですね。時代の記憶は年表に記録されていることになっていて、年表を元にその時代の様子が再生されることになっています。テレビでよく、なつかしのメロディ、といった歌謡番組が放送されます。戦後すぐに流行した歌もいろいろ流れます。

ところが、そういった番組に登場する歌謡曲のナンバーは、どのテレビ局もほとんど一緒です。なぜかと言うと、番組をプロデュースする若い人たちは、たとえば昭和二十年代にはこういう歌が流行ったのだなと、年表を見て調べるからです。

その時代に生きていたぼくらは、みんなが声をそろえて風呂場でさえも熱唱していた歌がどうしてぜんぜん出てこないんだろう、と思うことがしばしばあります。自分たちの実感としての記憶と、「これが戦後ですよ」といま言われているもののあいだに落差があるのを強く感じるのです。

昭和二十年代のはじめごろ、どんな歌が流行っていたかを振り返ってみます。

「啼《な》くな小鳩よ」という岡晴夫の歌がありました。岡晴夫には「憧れのハワイ航路」という歌もありました。田端義夫の「かえり船」や、近江俊郎の「湯の町エレジー」もありました。

番組をみていると、笠置《かさぎ》シヅ子の「買い物ブギー」はしょっちゅう出てきます。こんな女に誰がした〜という菊池章子の「星の流れに」や、並木路子の「リンゴの唄」なんかも常連です。

でも、暁《あかつき》テル子の「ミネソタの卵売り」はあまり出てこない。ちょっと変わった歌でしたが、これも大流行しました。歌の題名が奇抜なのと、暁テル子自身がまたユニークなキャラクターだったので、ぼくらの頭のなかに印象が強く残っているのです。

そういった番組に、いつも同じ歌しか出てこないのは、これはやはり、記憶というものが切れてしまっているからでしょう。記憶ではなくて、記録で選んで番組にしているからです。

これは単に流行歌やヒットソングの話ではありません。すべての事柄がそうなっているのではないか、と思うのです。

低い点数のモノから、捨てられてしまう

近ごろはスペースの問題がありますから、書斎のある家というのが少なくなってきているのではないでしょうか。本棚のない家もあるでしょうし、作家の「全集」がある部屋などはもう稀《まれ》かもしれません。

しかもいまは電子書籍で読めますから、紙の本というものがあまり必要とされていない。

それでも、やはり、大事な本の五、六冊くらいは古本屋に売り払ったりせず、部屋のなかにあったほうがいいという気がするのです。

本というのは不思議なものです。スマートフォンなどの機器を使って電子書籍で読むというのは、確かに実用的です。資料として使う場合、検索の機能などはほんとうに便利です。しかし、何かそこには、読んでいる実感というか、読むことに付随してくるいろんな楽しみがありません。

本はやはりきれいに装幀《そうてい》された紙の本で読みたい。古い映画をテレビ放送やＤＶＤで観ても面白いけれども、かつて映画館で観たものとは少し違う、というのと似ています。

＊

本に限らず、一見どうでもいいような雑多なモノたちを、簡単に手放したり捨てたりしてしまうということについても、少し思うところがあります。

手放したり捨てたりするとき、私たちは必ず、そのモノについて評価をしています。

端的に言えば、点数をつけている。高い点数のモノを残し、低い点数のモノたちを捨ててしまうのです。

でもそれは、パーティを開こうとして友だちのリストをつくり、誰を呼び、誰を呼ぶまいかと考える、つまり友人の仕分けをする――、それと同じことをしているのではないでしょうか。

しかし、人が生きるということは、点数をつけてテキパキ仕分けしていけるような、そんなものではありません。ものすごく雑多ななかで、私たちは生きています。

私たちの口のなかには、寝ているあいだによくない細菌が山ほど増殖するそうです。つまり、朝起きるたびに私たちの口のなかは細菌だらけらしい。

でも、同時にそこには「常在菌」と呼ばれている、なくてはならない細菌も山のようにいるそうです。

そういうものが渾然《こんぜん》一体となって、人の体のなかに存在している。

人間というのは、けっして純粋で清潔なものではありません。どんなに美しい容姿をして、どんなに身ぎれいにしている人でも、ありとあらゆる雑菌と一緒に生きているのです。

「ガラクタ」は孤独な私たちの友

コロナ後の世界――。私たちの日常は、もう元にもどらないかもしれません。そして、モノやヒトとのかかわりかたに、大きな変化をもたらすだろうとも思います。

これからは、人と人とが直接、顔を突き合わせ語り合うことが少なくなっていくでしょう。

「トゥゲザー・アンド・アローン（Together & Alone）」という言葉があります。スペインの思想家オルテガ・イ・ガセットがのこしたもので、「和して同ぜず」という意味です。

みんなと一緒にいるけれども、ひとりの自分は失ってはいけない、という思想でしょう。

これはとても大事な考えかたなのですが、それでは、孤独である私たちは何を友として生きればいいのでしょうか。

それはやはり、自分自身の「記憶」です。

記憶というものが何歳からあるものなのか、それはわかりません。わからないけれども、自分が生きてきた時間というものは、間違いなくかけがえのない終生の友です。

たとえば、本棚の隅においてある、学生時代に読んだ一冊を引っ張り出してみると、ところどころに赤線が引いてある。また、英語でドッグイヤー（dog ear）と言うそうですが、本の耳を折ったりもしてあります。

その赤線やドッグイヤーを目にすると、「学生のころは、このページで何か感じたんだな」という、そういうものが見えてくるんですね。

数十年という長い年月を経ても、二十歳の自分が一瞬にして浮かび上がってくる。そして同時に、「いまはどう感じるんだ」と問いかけられているような気がするのです。

そうした記憶というものを蘇らせてくれる依代《よりしろ》になるものが、一見どうでもいい、身のまわりのモノたちです。「ガラクタ」と、ぼくは呼んでいます。

生きている限り、「執着」は消えない

モノを捨て去ってすっきりしてしまおうという生きかたは、モノに執着しないという、それはそれで潔い生きかたでしょう。しかし、考えかたによっては、逆に〈捨てる〉ということに執着している生きかたと言えるかもしれません。

禅を知る人たちはよく、「執着を断とうという思い。それもひとつの執着である」と言います。坐禅を組むときには、禅僧に「無念無想など考えるな」と指示されます。雑念を放棄しようと考えること自体が、すでに雑念だということです。

ですが、ぼくはなにも「執着をなくそう」と言っているわけではありません。

モノやヒトに対する執着、この世に対する執着――、それは、私たちとは切っても切れないもの。悟りきった聖人でもなければ、執着と縁が切れるようなことはないでしょう。

ニュートンやアインシュタインは、隠された宇宙の真理を解き明かそうという欲望あるいは執着の、その一念が彼らを支えて新たな発見をつくり出しました。執着をなくしてしまったら、クリエイティブなものは生まれてこないはずです。

本やCD、昔のビデオテープ、何年も着ていない服や履きつぶした靴、古いバッグ……。それらのすべてを手離したとしても、生活には支障はありません。もちろん、捨ててしまったところで、生きていくことに何の差し支えもない。

しかし、プラスチックの箱に三杯分ほどある思い出の写真。これを簡単に捨てることができるでしょうか。

そもそもモノに執着するのは、生活上の問題ではありません。要するに、心の問題です。

モノが捨てられないのは、確かに執着のせいでしょう。では、その執着はどこからくるのか。それは、生きているからではないのか。

私たちが生きている限り、執着は消えない。それが真実です。

とても強固な、家族とのつながり

最近、パラサイトという言葉をよく聞きます。

主に、経済的に親に依存して暮らしている独身社会人のことをそう呼ぶようです。

パラサイトが話題になっていることからわかるように、いま家族関係で悩んでいる人がたくさんいます。家族との縁を切りたいと思っている人もいます。

親子、親戚、友人との関係……、そういうものから自由になりたいと思っている人は、現代社会にどれだけいるかわかりません。

ですが、そういった関係を切っていくというのは、とてもたいへんな作業です。実際にそれで苦労されている方も多いのではないかと思います。

捨てようとしても捨てられないものは確実にある。

「親子の絆《きずな》」や「兄弟の絆」は、たとえ法律的に放棄したとしても、空間的に逃げ出したとしても、ずっと糸を引くものです。家族から自由になりたい、家族の絆を断ち切りたいと思っている人がたくさんいるとしても、やはり肉親というものは捨てるに捨てられません。

＊

「絆」とはもともと、家畜が逃げ出さないように縛りつけておく縄を指す言葉です。辞書を引くと、例外なく、そう説明されています。

ぼくは昔から、「デラシネ」という言葉をしばしば使っていました。フランス語で「故郷、祖国などを失った人びと」という意味です。

これを「根なし草」と呼ぶのは正しくありません。現在ならストレートに「難民」と言ってもいいでしょう。

絆というものを切っていく。絆の重荷を背負いながら、その絆から自由になる。戦後は、寺山修司さんや立松《たてまつ》和平《わへい》さんをはじめ、多くの作家がそれを創作のテーマにしていました。地縁の絆、家族の絆、肉親の絆、血の絆……。そういうものにがんじがらめになっている状況から脱出するということです。

平成二十三年の三・一一東日本大震災の後、絆を取り戻そうという声がしきりに起こったときには、「ああ、時代も変わったなあ」と思いました。

絆を求めて、という人はおそらく、自分には絆がないと感じている人たちなのでしょう。ぼくなどは、今になってもやはり、肉親の絆や友情の絆、仕事の絆など、切るに切れない絆と一緒に生きています。

絆は、本来、重荷となるものです。そして、なかなか簡単には切るに切れないものだと思うのです。

「ヒトとの関係」と「モノとの関係」は同じ

私たちは本来的に孤独なのだということをしっかり自覚する必要があるのではないか。

たとえば、家庭を築くパートナーではあるけれども、妻と夫はやはり独立した人格です。結婚しても、妻を所有する、夫を所有するというわけにはいきません。

また、濃密な友情関係というのは、相手を所有したような感覚になりがちです。恋愛もそう。恋愛の至上の境地は、二人が溶け合って一体となる、二人がひとつになるということでしょう。

しかし、それぞれ違う人格同士がひとつになろうということなど、望むべきものではないことのような気がします。

好きな人とはあまり深く会わないようにする。この人とは気が合いそうだとか、この人は尊敬できるなと思ったときには、距離をおいて、こちらから進んで接近しようとはしません。

ぼくがいつもそうしているのは、油のように濃密なつき合いというものは、やはり、どこかで変わるからです。

相手を尊重しながらも自分を捨てず、お互いの人格を大事として距離をおくという関係は、一見、疎遠なつき合いかたのように見えるかもしれません。

しかし、やはり、毎日のようにつるんで歩くというのは、どこかで、ものすごいトラブルを起こす可能性が高い。相手を自分の所有物のように感じるというのも、絶対に無理な話でしょう。

偏愛という言葉があります。フェティッシュ（fetish）などとも言います。モノに溺れてしまって、モノに異常な愛情を注ぐことです。

でも、ぼくとモノとの関係は、けっしてそういうものではありません。

蒐集《しゅうしゅう》趣味やコレクションとはまるで関係なく、モノがたまたまぼくのところにやってきて、ここにいるな、という感じでしょうか。

＊

ぼくがモノを捨てないのは、そのガラクタたちを自分の所有物だとは思っていないからです。

ガラクタとぼくとは対等な友人関係です。ぼくは、ガラクタたちとは友だちとしてつき合っています。

ぼくのガラクタたち
その壱

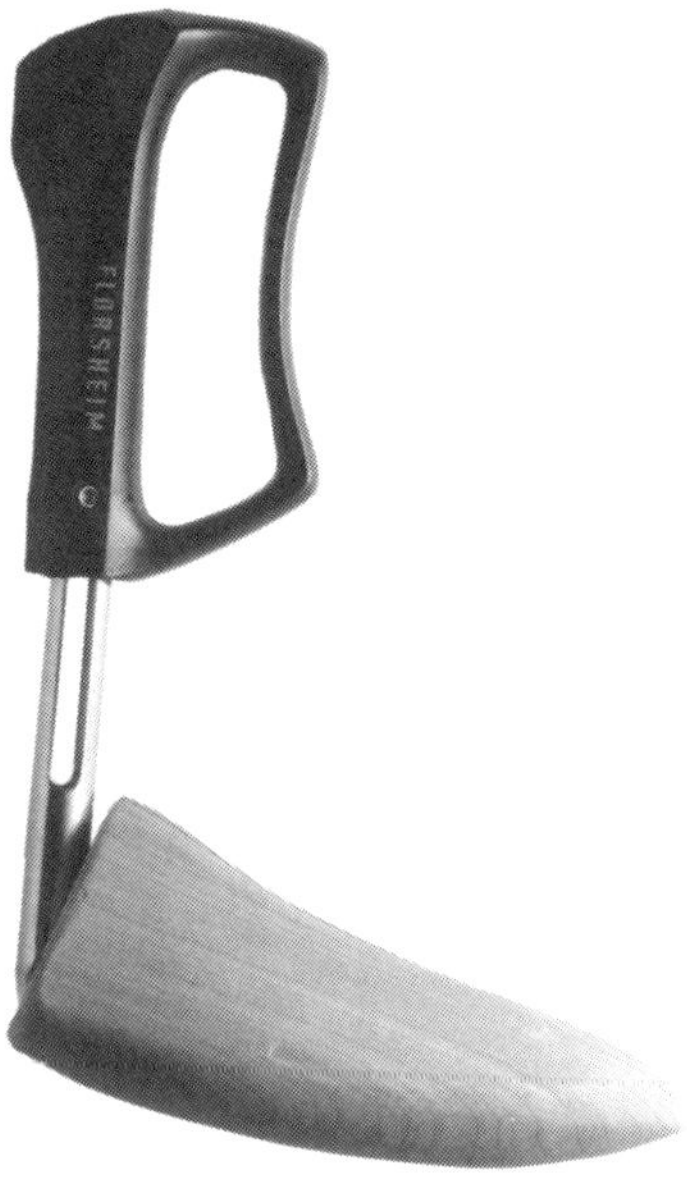

シュー・キーパー

横浜・馬車道の靴店「信濃屋」で購入。本来は靴の形を保つためにに使うものだが、部屋の奥に転がしてある。

第二章

人生百年時代は「ガラクタ」とともに生きる

モノによって蘇る、自分自身の物語

横浜に昔、「港のメリーさん」という女性がいました。不思議な女性でした。大正十年の生まれだったとも言われます。

港のメリーさんは馬車道あたりにいつもいて、厚化粧で、なんとも言えない貴婦人のような格好をしていました。すこし頭がおかしいのだろうとみんな思っていたようですが、なんとなく大事にしている感じがありました。

ずっとそのまま街にいて、昭和から平成に改まって数年の後、いつの間にか姿を消しました。

米軍相手の娼婦だったという人もいるし、そうではなくて、メリーさんは歌い手だったという人もいます。新聞などで盛んに取り上げられたこともしばしばでした。

時代には、そのときどきの面白さがあります。そういったものは「事実」というよりも、やはり「物語」として残っていくものだろうと思います。

いまは、街がどんどん新しくなっていく時代です。横浜には本牧《ほんもく》のゴールデンカップとか、レッド・シューズなどという有名な店があり、ブルースカイという店もありました。

バンド演奏の入ったキャバレーみたいなもの、ディスコみたいなものなど、いろいろとありましたが、そういった街の物語はどんどん消えていき、新しいビルに建て替えられた街へと変わっていきます。

人もまた同じではないでしょうか。

五十歳を過ぎて二十歳三十歳のときのような交友関係をつくれる人、あるいは社会生活をおくれる人はまずいません。

自分自身の物語を蘇らせることのできるモノと一緒に生きる――。ぼくはやはり、それが心強い百年時代の生きかたになると思います。


高価であるとか希少価値があるとか、そういうモノを身のまわりに集めておくというのではありません。

取るに足らない小さなモノであっても、じつはそのモノには、まず自分のところにやってきたという物語、そして自分の身のまわりに何十年となくあるという物語が必ずあることを忘れたくないのです。

人生の四つの季節「青春」「朱夏」「白秋」「玄冬」

インドのヒンドゥー思想の中には、人生を「学生期《がくしょうき》」「家住期《かじゅうき》」「林住期《りんじゅうき》」「遊行期《ゆぎょうき》」の四つに分けて考える思想があると言います。本来は宗教上の修行のプロセスでした。

これを俗世間にあてはめますと、学生期は、大人になって社会に出るまでの、学ぶことが中心になる時期です。家住期は、大人として社会的な活動を営む時期。仕事をし、結婚もし、家長としての務めを果たすことからこう呼ばれます。

林住期は、社会生活から引退し、自然を友として思索《しさく》を深める時期。そして遊行期は、林（悠々自適な生活）からも出て家族とも別れ、死に場所を探しに（インドですからガンジス川のほとりへ）と出かける時期です。

これが、中国では「青春《せいしゅん》」「朱夏《しゅか》」「白秋《はくしゅう》」「玄冬《げんとう》」という、春夏秋冬の入った分けかたになります。

青春は、若々しい成長期のこと。朱夏は、フル回転の時期で、真っ赤な夏です。白秋は、社会的な貢献を終えて、静かな、澄み切った秋空のような境地で暮らす時期です。玄冬の玄は、「黒い」、という意味。単なる黒ではなく、深みのある黒を、玄と表現します。幽玄の玄もこれです。ただし、玄冬を、生まれたばかりの子供として考えて、青春の前にある時期だとする説もあります。

面白いと思うのは、五十歳を過ぎてから白秋と玄冬があるということ。百年時代を生きる私たちの後半生には、まだ人生の季節が二つも残っているのです。

つまり、社会に出てバリバリはたらき、家族を持つことだけがメインの人生ではなく、そこまでは人生の半分にすぎないということです。

インドも中国も、長い歴史のある地域です。はるか昔から、私たち人類の祖先は、人生についてそう考えていたのです。

日本という国にも、こうした考え方はあてはまると思います。若い人たちや中年層、壮年層に支えられていた高度成長期は終わりました。世のなか全体が、林住期＝白秋へ入り、遊行期＝玄冬の時代へと向かっているのです。

しかし、これはけっして否定的に考えるようなことではありません。さらに豊かなものが待つ成熟期へと入った、と言うことができる。

人においても国においても、後半生を考えるということは、「成熟とは何か」を考えるということなんだろうと思います。

「下山」は成熟のときであり、人生の本質を知る時期

人生百年時代の生きかたを「登山」として考えることもできるでしょう。

六十歳くらいまで、つまり学生期・青春そして家住期・朱夏の時期は、山頂を目指してひたすら山に登ることに専念します。それ以降の林住期・白秋そして遊行期・玄冬の時期は〈下山〉にあたります。

登山は、山頂にたどりついて終わるわけではありません。頂上の世界を眺めたら、今度は麓《ふもと》を目指して下りなければいけません。

どうも私たちは、この下山ということをあまり意識してこなかったのではないかと

いう気がします。

高齢化が進み、六十歳を超える人たちがいちばん大きな層を占める時代がやってきます。現実的な問題を考えれば、安定した後半生とは言い切れないように思います。具体的に言えば、年金の受給年齢引き上げや支給額の引き下げ、高齢者の医療環境の問題など、国のシステムにまかせきりにはできない世のなかになるでしょう。

確かに、不安が先立つ時代です。けれども、元気を失う必要はないと思います。

自己責任のもとで自分の考えでやっていくしかない厳しい条件のなか、しっかりとした足取りでその日その日を生きていく。

そのために参考になるのが、前述したインドの遊行期の言う、林から出て、死に場所を探しにガンジス川のほとりへ向かう——という姿勢です。

孤独者として生きていく覚悟を決める。

たとえば孤独死といったことに対しても、寂しい、辛いではなく、結構なことであると考える。そういう方向に切り替えることが必要だろうと思います。

下山は、登山のオマケではありません。ぼくは、下山にこそ、登山の、つまり人生の本質があるような気がしています。

下山においては、下界を眺める余裕も生まれます。遠くの海を眺めることもあるでしょう。町の景色を見晴るかすこともあるでしょう。下山路に高山植物の花を見つけることもあるでしょう。

そうしたことが、成熟というものではないでしょうか。山頂を目指して登ってきた道を振り返り、下山の道を進む。そうしたときにこそ、私たちはそれまでに味わってきた労苦や重ねてきた努力といったものを、自らの手で再評価できるのだろうと思います。

ぼくは、人生の下山において大切なのは「回想」と「想像」だと思います。それは、精神の世界に生きる、そこでの遊びかたをどれだけたくさん持っているかということなのです。

昨日が見えない者には、明日も見えない

「ミディアム」（medium）という英語があります。もっぱら「媒体」と訳されます。新聞やテレビを「メディア」（media）と言いますが、これはミディアムの複数形です。依代《よりしろ》とはミディアムのことです。あの世のお告げを人々に伝える恐山《おそれざん》のイタコのような存在。神さまと自分を結ぶ。あの世とこの世に橋をかける。そういった場合には、それを伝えてくれる〈何か〉が必要なんですね。

モノは依代となって、記憶や思い出を私たちに伝えます。モノを通じて、噴水がさあっと吹き上がるように記憶や思い出が蘇ってきます。

マルセル・プルーストという二十世紀初頭のフランスの小説家に『失われた時を求めて』という作品があります。一杯の紅茶に浸したマドレーヌというお菓子を口に含んだ瞬間に、さまざまな記憶が鮮やかに蘇ってくる。そういったエピソードを細密に積み重ねた長い小説ですが、食べ物や飲み物ではなくても、小さな石ころひとつ、あるいは古い万年筆の一本、こういったモノからでも記憶の世界や想像力の世界は無限に広がっていくものです。

懐かしむという、どこか後ろ向きの気持ちも、もちろんそこにはあるでしょう。しかし、それだけではなく、記憶のなかには、世のなかに自分が存在しているということ、実存というか存在証明というか、自分が今ここにいる証《あかし》というものがあります。

ふわふわと空虚なところを漂っているという感じではなく、この世に自分がいる、ちゃんと生きている。記憶とは、そういう実感の元になるものなのです。

見えない明日に向かって生きていくうえで、自分を後ろから支え、そして背中を押してくれる力を得る。過去の記憶を噛みしめるとは、そういうことなのだとぼくは思います。

あのときはこうだった。明日はどうだろう……。繰り返しそれを考えるということは、これからも自分は生きていくのだと実感するうえで、とても大きな、とても大事なこと。

そういう意味で、今まで生きてきた過去の記憶はたいへん大きな力を持っています。昨日が見えない者には明日も見えないのです。

生き生きと老いていく

戦後すぐのころから、ぼくは「病院へは行かない」と決めました。それで、この年までなんとかやってきました。

そんなぼくが、実は先日、70年ぶりに病院へ行きました。変形性股関節症という病名を告げられただけでした。

老いるのはあたりまえのこと。ならば、良く老いていきたいものです。

でも、世のなかはなかなか思いどおりにはいきません。

良く老いていくためには、良い人と出会い、良い本と出会う、そういった努力が必要かもしれません。でも、努力が苦手な人もいます。

そんな人たちにこそ、「モノは捨てないで」とすすめたい。

多くのモノに触れることで、思い出を振り返る。そして、経験の記憶をめぐって、同世代の人たちと話をする。さらに、それを次世代の人たちに伝えていく。

同じ話を何度もしてもいいのです。それと同じくらい、同じ話を何度も聞けばいい。そのときに大切なことは、昨日の自分ではなく、今日の自分はどう考えているのか、を意識すること。そういう姿勢で話をし、話を聞くのです。

思い出に感動するのも、話をしたり、話を聞いて感動するのも自分自身。感動する心を持った人は、生き生きと老いていくものです。

モノと過ごす、「回想」の時間を楽しむ

アルツハイマーという病気は認知症のひとつですが、この病気の治療に「回想療法」が有効かもしれないといわれています。

回想治療とは、自分の過去の思い出を繰り返し咀嚼《そしゃく》する、というやりかたです。ただし、良い思い出や楽しい思い出は頭の中の引き出しに入っているはずですが、しょっちゅう出したり入れたりしないと、引き出しが錆びて動かなくなる。ここが問題です。

なにも手がかりのないところで回想の引き出しをあけるのはそう簡単ではありません。しかし、モノが身のまわりにあることで、モノから記憶が引き出されるようにな

ります。

たとえば、父親からもらった万年筆や先輩からもらったマフラーなど。もうすっかり古くなって使えなくなっていたり、ほころびたりしていても、そういったモノを手にしてみたとき、ふと、頭と心によぎるものがある。

この万年筆は就職祝だった。このマフラーは上京するときに渡してくれたものだった。万年筆やマフラーが思い出の糸口になってくれるのです。


戦前、喫茶店ではあたりまえのようにマッチを配っていたものでした。各店がそれぞれ、デザインに工夫をこらしていました。ぼくの先輩のひとりは、そんなマッチのラベルを収集するのを楽しみにしていました。

そのコレクションを手に取ると、思い出がかぎりなくでてくるというのです。

店内に流れていたジャズのビート、店主はロシア人だったな、など、思い出がどんどん広がっていく。あっという間に半日が経ってしまう。過ぎ去った日々を思うと、あたたかいものが、心にじわっと広がっていく。

なんと幸福な時間でしょうか。

このように、依代《よりしろ》になるモノは、なんでもいいのです。そして、思い出の依代となるモノたちは、多いにこしたことはないと思います、

「記憶の再生」は、前に進むためのもの

３Ｋという言葉があります。たとえば、財政赤字の原因だとして国鉄、健康保険、そして生産者米価としての米で３Ｋと呼ぶなど、時代によっていろいろあるのですが、よく知られているのは八〇年代末に流行語になった、危険、汚い、きつい、の肉体労働を指して言った３Ｋでしょう。

ところが、いまの３Ｋは、健康と経済と孤独ではないかと思うことがある。社会の不安はみんな、その３Ｋにあるような気がします。経済は、老後の生活資金を指します。違う角度から見ると、今の社会はどうも、とにかく若いということに大きな価値があるとしているようにも見えます。

孤独ということを考えてみると、モノが身のまわりにないこと、これはひとつの孤独だろうと思います。思い出がいっぱいつまったガラクタに囲まれている人は必ずしも孤独ではありません。記憶とともに生きているわけですから。

孤独の問題は、年をとった人たちだけにかぎることではありません。若い人たちにとっても、孤独というのは大きな問題です。

華やかな交友関係があるように見えるけれども、実際には孤独のなかにいるというのはよくあることです。その孤独の癒やしかたは、人それぞれ、きっといろんな方法があるだろうと思います。

しかし、若い人にも若い人なりの二十年なり二十五年なりの記憶があります。母親の記憶や父親の記憶、友人の記憶をはじめ、いろいろな記憶があるはずです。

そういった記憶を大切にして、何度となく繰り返して咀嚼するという時間は、じつは人間にとって、とても充実した時間だろうと思うのです。そしてその記憶を呼び出す依代《よりしろ》は、やはりガラクタと馬鹿にされるモノではないかと思うのです。

思い出という言葉を簡単に使ってしまうと古風な演歌の世界になってしまう。バーやスナックのカウンターの片隅で水割りでも飲みながら、また「おもいで酒」などを聞きながら、いや昔はよかった、などとセンチメンタルな思いにふけっている風景が思い浮かびます。

しかし、そうではなく、ものすごく自由な、思い出すことで心が生き生きしてくるような、そういう記憶の再生というものがある。

記憶の再生は、後ろ向きではない、前に進むために行うものなのですから。

「昭和の歌」を現代の『万葉集』に

歌というのは、とても強力な依代《よりしろ》だと思います。

聞き覚えのある歌を聞くと、その歌を聞いていた当時のこと、まさにその歌の時代が彷彿《ほうふつ》として浮かび上がってきます。

昭和十五年あたりから敗戦まで、大政翼賛会という国民組織がありました。全国民が将来は軍人となって行軍をしなければいけない、そのために歩くことを鍛えよう、ということで、大政翼賛会の主導のもと、歩け歩け運動というものがつくられました。

その運動の促進のために、「歩くうた」という歌がありました。「あるけ　あるけ　あ

るけ　あるけ　南へ　北へ　あるけ　あるけ　東へ　西へ　あるけ　あるけ　路《みち》ある道も　あるけ　あるけ　路なき道も　あるけ　あるけ」という歌がラジオから流れ、国民みんながそれを歌いました。

歌詞を書いたのは高村光太郎です。昭和十五年、太平洋戦争がはじまる直前につくられました。当時は、芸術家たちも政府に協力し、翼賛体制の一端を担《にな》っていたのです。

この歌を耳にするだけで、あの時代の風景が一気に蘇ってきます。

そういった昔の歌は、今はもう歌われなくなりました。忘れられ、捨て去られている、と言っていいでしょう。

ぼくは、昭和の歌を集め直して、『万葉集』のようにして残しておいてはどうかと考えています。

市井《しせい》の人々が熱唱した歌というのは、全集のかたちにして、後の時代の人たちのために残しておくべきモノだと思います。名歌だけでなく、忘れ去られた流行《はや》り歌なども大事なのです。

『万葉集』は、そういう歌集でした。『万葉集』に収録されている歌というものは、当時は節《ふし》をつけて、声に出して歌われていました。すべてメロディをつけて歌っていたのです。

『万葉集』というものが残っていてこそ、その歌をくちずさむことで、古代の日本人の暮らしをどこか連想することができます。

古典というものにもまた、そういう力があるのです。

手本と見本の違い。そして、「捨てない生きかた」の面白さ

ときどき新聞や雑誌のインタビューなどで、今の若い人たちに何かアドバイスを、と求められることがあります。そのようなとき、明確なアドバイスをせずに、「ぼくはこんなふうにしていますけれど、参考になったらどうぞ」というような回答になることがほとんどです。

直言を期待されているのかもしれません。何を言っているんだ、こういうときにはこうしなきゃだめじゃないか——。そういう強烈な言葉で力づけられる人がいるのは間違いないことだろうとは思います。

しかし、ぼくは人に対して、強くこうしろなどとは絶対に言えないのです。

ぼくにとっていいことが、ほかの人にとっていいとはかぎらないからです。

*

明治時代の金沢に、高光大船《たかみつだいせん》という人がいました。清沢満之《きよざわまんし》という北陸の浄土真宗の重鎮《じゅうちん》の弟子のひとりです。清沢満之は、明治の宗門改革の大立者《おおだてもの》でした。

高光大船は、講演の引く手あまたでしたが、いくら頼まれても行かなかったそうです。あるとき、どうしても断りきれなくなり、そのときにこう言ったといいます。

「わしは人の手本にはなれんが、見本くらいにはなれるだろうから、引き受けましょう」

手本と見本の違いが面白い。

手本は、やはり、優れた立派なものということです。「手本は二宮金次郎」なんていう歌が昔ありましたが、手本というのは仰ぐものです。

一方、見本というのは、食堂にメニューのサンプルが並んでいる、あれが見本です。どれを選ぼうかなという具合に、上から見下ろされるものです。人の目の下にあって、選択の余地があります。

高光大船は、「手本にはなれんが、見本にはなれる」と言いました。あなたの参考になるかどうかはわかりませんが、ぼくのことを話しましょう、ということなのです。

強い言葉でアドバイスしないのは、かえって冷たいやりかただととらえられるかもしれません。人は時に強い言葉に励まされることがある、というのもわかっています。

しかし、ぼくには「こうしなきゃだめじゃないか、なんてよく言うよ」という思いがあるのです。

捨てない生きかたが正しい、と言っているわけではありません。でも、捨てない生きかたは面白い。

人生百年時代は、モノを依代《よりしろ》に生きる――。後半生は、豊かな回想を楽しむ「黄金の時代」だとぼくは思っています。

ぼくのガラクタたち
その弐

ペルシャの骨牌《かるた》

カルタは、昔は「骨牌」という字を当てた。イランの古都・イスファハンの古道具屋の店頭でザルの中に無造作に放り込まれていたもの。

第三章

私流・捨てない生活

雑誌『平凡パンチ』に残る、時代の息吹

昭和四十年前後、若い人たちの間にVANというファッション・ブランドがたいへん流行したことがあります。デザイナーの石津謙介さんが始めたブランドで、アメリカ東海岸の、名門大学の生徒たちのスタイルを手本にしたアイビールックが日本中に広まりました。

一方で、ヨーロピアン・スタイルのJUNというブランドがありました。アメリカンなVANの系統とコンチネンタルなJUNの系統。若者のファッションがそこで対立している、といった時代でした。

当時、若い人たち、特に若い男性たちに強い影響力を持っていたのが『平凡パンチ』という週刊誌です。その頃の『平凡パンチ』の、表紙のほとんどがVANスタイルかJUNスタイルの若者たちを描いたイラストでした。

どちらかと言えば、VAN系統のアイビールックが主流だったと思います。イラストを見ると、当時の様子がたいへんよく表れています。

東京・代官山に蔦屋《つたや》という書店がありますが、二階のカフェに『平凡パンチ』のバックナンバーが揃っています。

同時期に、ぼくが「青年は荒野をめざす」を連載していた昭和四十二年の三月から六月にかけての号もありました。後半のタイトルをつくったのは、若き日の伊丹《いたみ》十三《じゅうぞう》さんです。当時は、伊丹一三《いちぞう》という名前でした。こういうものを見ていると、ほんとうに時代が彷彿《ほうふつ》として蘇ります。

『平凡パンチ』の表紙を担当していたのはイラストレーターの大橋歩《あゆみ》さんです。昭和三十九年の創刊号に大橋さんの表紙が登場したときのインパクトにはものすごいものがありました。

当時はまだイラストやデザインといった分野のスタートの時期ですから、一種の幼さというものも感じられます。しかし、それだけにまた、あの時代から次の時代、そして今の時代が生まれてきているんだな、ということがよくわかります。

『平凡パンチ』のバックナンバーをとっておいている方もいらっしゃるでしょう。貴重な財産だと思います。

人づき合いは浅く、そして長く

私たちはこれから、成熟期にはいっていきます。ぼくはもう長い間、日本は〈下山の時代〉に入ったということを言ってきました。

野望に満ちて必死で頂上を目指しているとき、私たちに、来た道や周囲を見回している余裕はありません。山頂にたどりついて下山にかかるときには、どこか心に余裕が生まれます。

下山ということをネガティブにとらえる必要はありません。歴史的に見ても、経済や政治状況が下山にさしかかるときにこそ、その国の文化は成熟するようです。

未来を語ることや未来を想像することは大事なことでしょう。しかし、それと同じくらいの大切さをもって、今、日本の戦後あるいは明治大正といった時代を振り返る必要があるだろうと思います。

モノを捨て去る、というのは、ある意味では頂上を目指す行為のひとつであるような気がします。身のまわりにあまりモノをおかないという思想はとても前向きで、モノを捨て去るということは意思的な行為です。

人や場所とのしがらみを含めて、いろんなモノを捨てていくというのはとても勇気のいることです。ぼくはけっして、そうしようとする人たちを否定しません。否定はしませんが、やはりぼくは捨てません。

人間関係はとくにそうかもしれません。ぼくなどは、捨てるどころか残したいと思いながらも、友人や知人が次から次へといなくなっていきます。

井上ひさしさんは平成二十二年に、野坂昭如さんは平成二十七年に亡くなりました。

人とのつき合いかたは百人百様です。個性というか、人それぞれの、わがまま勝手な生き方に応じて人とつき合えばいいのだと思います。

ぼくはかねがね、人とは浅く長く契《ちぎ》れ、と自分自身に言っています。「契《ちぎり》」は、契約の契です。契るというのは、つき合うという意味です。人とは浅く、そして長くつき合うのがよい、という考えかたで人と接しています。

この人を好きになりそうだな、という出会いがときにあります。そういう場合、ぼくは、あんまりその人に近づかないのです。

頻繁《ひんぱん》に手紙のやりとりをしたりだとか、三日にあげずに会ったりだとかということはしません。いまで言う「濃厚接触」は長続きしないものです。濃いつき合いかたは、往々にして、何かしら愛憎のからみあったかたちで争ったりすることもある。

一年に一本くらい手紙がとどく。二年に一回くらい会う。そういった、多くの人から見れば「離れた距離感」を保っているように見える友人関係というものがけっこう多い。

ぼくは、それをとても大事にしています。そして、不思議と長続きするものです。

そういう関係のなかに、大学時代ですからもう六十五年以上も前からの友人で、まだ生き残っている仲間たちも幾人《いくにん》もいるのです。

映画『アメリカの夜』とジャズ・ドラマーの「キープ・オン」

フランソワ・トリュフォーというフランスの映画監督に、『アメリカの夜』という作品がありました。一九七三年公開で、ひとことで言えば「映画をつくる映画」です。

映画製作のプランをもったひとりの野心的なプロデューサーが、人々に呼びかけて資金を集め、仲間たちを集めてひとつの映画をつくりあげるというストーリーでした。登場人物たちのエキサイティングな体験が描かれていきます。

ぼくが感心したのは、映画が出来上がったところでみんなで乾杯し、そしてそのまま解散してしまう、というエンディングでした。

カンパニーを立ち上げて永続的に映画をつくっていこうというのではないのです。

映画作品をつくるために人々が集まり、家族のようにひとつになって一生懸命がんばり、映画をつくり続けて、ついに出来上がる。そして、ただ、「じゃあ、みんな元気でね」と言って別れていく。再会を約束するわけでもなく、でも何かあれば彼らは集まり、そしてまた同じように別れていくでしょう。

ぼくはこの映画にすごく感動した。人とのつき合いかたというのはそういうものではないか、という気がしています。

*

亡くなってもう五十年近くが経ちますが、ジーン・クルーパというたいへん有名なジャズ・ドラマーがいました。

そのクルーパが来日したときのこと、ある日本人ジャズメンが彼の楽屋へ行き、アドバイスを求めた。すると、彼はたったひとこと「キープ・オン（Keep on.）」と言ったのだそうです。
日本でジャズをやっている者ですが何かひとこと先輩としてアドバイスを、というところに、「キープ・オン」。「続けなさい」という、たったひとことを伝えた。君はジャズをやっているのか、だったらジャズをずっとやりなさい、ということです。

キープ・オンというのはものすごくいい言葉だと思って、それからぼくは自分自身のモットーにしています。とにかく長く続ける。細くても見えにくくても何でもいいから長く続ける。

そこに意味があろうがなかろうが、世間に認められようが認められまいが、キープ・オン！ です。

部屋にどんどん増えていく、本や服、靴、鞄たち……

ぼくがもしも死んでしまったときに、さしあたっていちばん問題になるのは本の扱いということになるでしょう。

最近ではもう、どこの図書館も、大学も、遺品となった古書を簡単には引き受けてくれないそうです。

学者と呼ばれる人たちの自宅には、貴重な資料がいっぱいあります。その方が亡くなったあとはどうなるか。古本屋も引き取ってくれない。研究室も引き受けてくれない。だからと言って、粗大ゴミで出してしまうのも忍びない。

亡くなってしまった知人の学者たちが残した資料や蔵書は、みんなそういう目にあっています。遺族の方々が、それらの引き受け先に四苦八苦しているのです。

蔵書の生前整理を考えている人も増えています。

それでもやはり、自分の部屋の本棚にいつもあって、ときどき引っ張り出してきてページを開くというような、そういう本は手放したくないという気がします。

＊

本ばかりでなく、ライターやBARのマッチ、旅先でひょいと買ってしまった置物……、そういうガラクタもぼくの身のまわりにはあふれています。

さらに、スーツやコート、靴、帽子、鞄といったもう着なくなったり履かなくなったり使わなくなったモノたちが、クローゼットや部屋の片隅にどんどん溜《た》まっていきます。

若い人たちなら、インターネット上のフリー・マーケットなどで処分してしまうのかもしれません。しかし、やはりモノにはそれぞれ思い出がある。

たとえば、月給の大半を投じて鞄を買ったときの心のときめきなども思い出のひとつでしょう。

ぼくが若かった時代というのは、洋服や靴や鞄だとかといった、モノが心の底から欲しい時代でした。「これが、いま話題の靴だよ」と言われると、どうしてもそれが欲しくなります。

空腹を我慢して、食費を切り詰めてでも買う。ときには、借金してでも手に入れる。そういうふうなことをして買ったものが身のまわりにあるのです。

すでに五十年以上も経ったものがうず高く積もっていて、身の置きどころがないような暮らしぶりです。しかし、それでも嫌だなという感じはしません。

「ガラクタ」にあふれた部屋こそ、自分の城

人生には、ひとりぼっちになるときが必ずあります。

ある程度の年齢になってきて職場のグループから離れたり、また、組織そのものから離れるということもあるでしょう。会社が倒産するということもあるかもしれません。家庭の事情で、長期休職をとらなければいけない場合だってある。

今まで所属していた組織や人間関係から離れると、強烈に孤独を感じてしまうことがあるようです。そういう状況が訪れたとき、気がついたら自分には何もないというのは寂しいものです。

しかし、モノにあふれた部屋にいればだいじょうぶです。ガラクタという強い家族、強い味方がいるという感じがするからです。

ぼくはよく、そんなに古い靴や鞄をとっておいてどうするんだ、と友人などに言われます。

でも、その靴や鞄を手に取ると、それをはじめて履いたとき、手にしたときの記憶が生き生きと蘇ります。

ハンバリといいますが、昔は破れかけた靴のソールの部分をそっくり張り替えてもらって同じ靴を長く履いたものでした。

でも、当時はお金がなく、ハンバリができずに、しばらくは靴底から妙な音がするまま履き続けていました。そのときの「音」や「地面を踏む感触」も蘇ってくるのです。

どんなに小さくて狭くても、モノに囲まれていれば、そこは自分の城。城には石垣もあります。物見櫓《ものみやぐら》もあります。

天守閣に上って、あらためて今まで歩んできた人生を追体験し、わくわくする。若いときにはけっして味わえない、重厚で、芳醇《ほうじゅん》な時間をいま、ぼくはひとり楽しんでいます。

ぼくのガラクタたち
その参

売れ残りのシャツ

イタリア「ミッソーニ」のシャツ。売れ残りを、色（えんじ色）に魅力を感じて購入。しかし一度も着たことがない。

第四章

捨てることの難しさ

マウイ島の卒塔婆と真宗王国の気風

ハワイのマウイ島は、今でこそゴルフ場がいくつもあり、フォーシーズンズといったリゾートホテルが何軒もある、有名な観光地です。しかし、かつてはサトウキビ畑だけがある、まったく未開発の島でした。

今から五十年以上前になりますが、そんなマウイ島を訪れたことがあります。信号はラハイナという街にたったひとつあるだけでした。

海岸線を走り、とある湾に通りかかりました。風光明媚《ふうこうめいび》な湾なのですが、その際《きわ》をブルドーザーが動き回って地ならしをしていました。

作業をしている傍《かたわ》らに、山のように、板状の材木が積み上げられているのが目を引きました。板一枚一枚に漢字が書いてあります。何だろうと思ってよく見ると、書いてあるのは、南無阿弥陀仏という念仏や日本人の名前でした。積み上げられていたのは卒塔婆《そとうば》だったのです。

ブルドーザーが地ならしをしていたのは、日本人移民労働者の墓地だったようです。やがて、そこにはゴージャスなホテルか何かが建つのです。湾は、日本列島のある方角に向かって口を開けていました。

初めて日本人がハワイに移住したのは明治元年のことです。正式に許可されたものではありません。公認のハワイ移民は明治十八年からでしたから。十九世紀の末までに、二万九千人ほどの非公認の日本人がかの地に渡ったと言います。

マウイ島へもたくさんの日本人が移住しました。十九世紀半ばに欧米の投資家たちが始めたサトウキビの栽培事業が、一大産業となっていました。

サトウキビ畑での労働は、当時、最も過酷な労働のひとつでした。実際にバタバタと人が死んでいき、週に一度、その死体がまとめて焼かれるほどでした。

ラハイナでは、レストランからも死体を焼く煙が見え、店のテーブルには薄っすらと白い灰が降り積もったといいます。人はその様子を、「マウイ島の雪」と呼んだと聞きました。

卒塔婆の裏には故人の出身地が書いてあり、ぼくはそれを一生懸命に写真に撮って帰ってきました。富山、石川、福井、広島が大半です。とくに広島の地名が目立ち、主にそういったところの人たちに海外移民が多かったことがわかります。


どうしてそれらの地域に海外移民が多かったのでしょうか。ぼくは、信仰というものに大いに関係があると考えています。

富山、石川、福井、広島、それらはいずれも真宗王国と呼ばれています。室町時代の浄土真宗の僧・蓮如《れんにょ》にゆかりの深い地域で、蓮如の影響に今も深く根ざしている土地柄です。旧名で越前、越中、加賀、若狭《わかさ》あたりの人たちは北陸門徒や加賀門徒、広島の人たちは安芸門徒などと呼ばれます。

浄土真宗の人々は一般には、鎌倉時代の宗祖・親鸞《しんらん》を父、そして蓮如を母としてとらえているようです。蓮如は、大衆に非常に人気のあった人でした。北陸では今も、「蓮如さん」と呼ばれます。親鸞はどちらかといえば知識人層に人気が高く、「親鸞さま」と呼ばれます。

＊

蓮如は何度も結婚し、子供も二十数人いたという人です。蓮如さんはとても赤ん坊が好きだった。赤ん坊が生まれると躍り上がって喜んだ。赤ん坊が亡くなると身を投げ出して嘆かれた。そういう伝承が口から口へと伝わり、物語ともなって語り継がれています。

そういう土地には、赤ん坊を大事にする気風が生まれます。真宗王国の北陸や広島といった地域は、実は、間引きというものがほとんど行われなくなった土地でした。

柳田国男の『遠野物語　拾遺《しゅうい》』にも出てきますが、かつて日本の農村において、間引きは常識的なことでした。貧乏人の子だくさんではやっていけません。夜中に子供に服を着せ、水をかけて廊下に出しておくと朝には冷たくなっている。そういった間引きは、かつてあたりまえのように行われていたことです。

ところが、蓮如の影響下にある地域では、間引きがほとんどないと言っていいくらいに少なかったそうです。

間引きが少ないとどうなるか。貧乏人の子だくさんがそのままになるのです。五男どころか十男などという大家族が限られた土地にしがみついて生きています。

彼らは押し出され、列島からこぼれ落ちるように、海外へ出て行きました。かつての日本からの海外移民は、真宗門徒の多い、いわゆる真宗王国から生まれた部分が大きかったのです。

蓮如さんが赤ん坊を大切にしたから軽々しく間引きなどはしない。これなどは、記憶の遺産の、ひとつの典型だと思います。誰が法律で決めたわけでもありません。人々の間で語り継がれ、すべては人の心の底に生きていることです。

モノと同時に、その土地その土地に残されている気風、伝えられている物語も忘れてはいけない記憶です。できるだけ捨てないで、大事にしておきたいもののひとつです。

法然と親鸞が捨てようとしたもの

蓮如は、非常に多くの信徒を集めて今に続く本願寺を再興し、大教団をつくりあげた人でした。念仏を広く行き渡らせるために、寺もたくさんつくりました。その世俗性のゆえに、常に知識人層からは批判の対象となった人物です。

そういう意味では、蓮如は捨てなかった人、あるいは増やした人である、と言うことができるだろうとは思います。

キリスト教で言えば、聖フランチェスコに似ているかもしれません。十二世紀から十三世紀にかけて教会の改革にあたった人です。

清貧運動と呼ばれるような、すべてを捨てるという発想をもって僧院をつくりますが、僧院自体が異常に成長してしまい、フランシスコ教会と呼ばれる、今では全世界にわたるカトリックの大教団の礎を築きました。

一方、浄土宗の開祖・法然《ほうねん》とその弟子の親鸞は、捨てるということをたいへん熱心に、徹底的に行おうとする人たちでした。

何を捨てるのでしょうか。法然と親鸞が捨てようとし、また実際に捨てもしたのは「教養」と「知識」です。

法然も親鸞も、幼いころから比叡山《ひえいざん》に入って学問を積んでいた人たちでした。比叡山は当時の総合大学です。宗教的なものばかりではなく、サンスクリット語から航海術まで、ありとあらゆる学問を集積していた教育機関でした。

当時の僧侶は、国が任命する官職でした。つまり官僚です。法然も親鸞も稀代の秀才と言われ、官僚としての将来を嘱望《しょくぼう》されていました。

その法然はキャリアを投げ捨て、修行途中で比叡山を下ります。一介の、聖《ひじり》となりました。すでに身につけていた学問や手にしていた名誉、官僚として出世する道をすべて捨てて、ひとりの私度僧《しどそう》になったわけです。

当時、国の管轄下にないまま勝手に教えを広げる仏教者のことを、私度僧や濫僧《ろうそう》などと呼びました。法然はそういう存在になり、「知識を捨て、何も知らない赤子のようになれ」と説きました。

南無阿弥陀仏。この名号《みょうごう》ひとつだけでいい。これですべての人は救われる。法然はそう説いて回りました。法然のもとにはたくさんの人が押し寄せ、後世に言う鎌倉新仏教が芽生えてきます。

鎌倉新仏教の隆盛は、法然のように、比叡山を途中で下山した人たちによってもたらされたものです。栄西も、道元も、日蓮も、みな比叡山を中退した人たちです。山を捨てた人たちだと言っていいでしょう。

当時の比叡山は、官許《かんきょ》の地であり、京都が守護する場所でした。朝廷からいちばん大事にされ、かつ朝廷も恐れるほどの力を持っていました。出世栄達が約束されますから、貴族の子弟たちもみな比叡山に憧れました。

そんな比叡山を捨てるというのは、ものすごく大胆なことです。簡単に捨てられるものではありません。山を下りる、という表現で言われますが、比叡山を捨てた以上はもう後にはもどれないのです。

捨てることの難しさを知った親鸞

親鸞もまた比叡山を離れた人です。親鸞は、法然より四十歳ほど年下です。法然の教えを継いで、教えを守って、親鸞はありとあらゆるものを捨て去ろうと努力した人でした。

当時の政治権力からの弾圧というものもありました。たとえば「承元《じょうげん》の法難《ほうなん》」という有名な事件では、法然は四国の讃岐《さぬき》へ、親鸞は越後の国府《こくふ》へ流罪《るざい》になっています。

親鸞は超インテリでした。頭のなかの学識をすべて捨て去ろうと努力し続けていましたが、なかなかこれができません。

研究者の間で「恵信尼消息《えしんに》」と呼ばれている、親鸞の妻・恵信尼が残した十通の手紙があります。そのなかに、親鸞とのこんなやりとりが書かれています。

あるとき、親鸞が高熱を発して寝込みます。四日ほどが経った明け方、親鸞が病の苦しみのなかで「なるほどこういうことか」と言ったのです。「それはどういうことですか」と恵信尼が尋《たず》ねたところ、親鸞は次のように答えました。

「自分は、これまでの教養、経典、学問、そういうものをすべて捨て去って、一介の、南無阿弥陀仏に準ずる者のつもりで生きてきた。けれども、熱を発して寝ている間にも、頭のなかに経典の文句が次から次へと、一字一句鮮やかに、流れるように浮かび上がってきて、いつのまにかそれを読んでいる自分に気がついた。

すべて捨て去ったつもりでいたけれども、じつは、心のなかには、それがしっかりと残っている。簡単なことではないな、と納得して『なるほどこういうことか』と言ったのだ」

結局自分は、教養や知識をすべて捨て去って一介の南無阿弥陀仏に準ずる乞食坊主になったと思い込んでいただけのことだったのか。親鸞はそう思い、愕然《がくぜん》としたのです。

親鸞は、もちろんその後も法然の教えのもとに生きますが、流罪が解かれて出た越後から関東へまわり、常陸《ひたち》で暮らすようになってから、のちに『教行信証《きょうぎょうしんしょう》』と呼ばれることになる、たいへん大きな著作を書き始めます。

草稿に四年ほどをかけたとされ、親鸞は帰京してから、さらに手を入れ続けました。教行信証は、ありとあらゆる経典を引用しながら、いかに南無阿弥陀仏が正しいかということを論じている堂々たる大著です。

このことを謎としている人もいないではありません。知識と教養をあれほど捨てようとした親鸞が、どうして最後になって、アカデミックな大作品を熱心につくりあげて世のなかに残したのか、ということです。法然の立場を守るために書いたとか、仏教界に浄土真宗の意義を残すために意を決して書いたとか、さまざまな説がありま す。

ぼくは突拍子もない妄想を抱いてます。親鸞は、自分のなかに残っている教養や知識というものをすべていっぺん全部吐き出し、文字のなかに埋葬しようとしたのではないか。

教養、知性、学問、知識、仏教の歴史、ありとあらゆるものを取り除いて赤子のように無知になれ、と言われていたけれどもできなかった。できなかったものをすべて吐き出し、一巻の書物にまとめ、鍵をかけて収納した。ぼくはひそかにそう解釈しているのです。

法然も親鸞も、富や立場や身分といったものは、もちろん最初から捨て去っていま
す。しかし、それだけではなく身についた教養や知識というものを完全に捨て去り、
南無阿弥陀仏という名号だけにすがり、赤子のような境地に達しようとして、終生、
努力しました。

しかし、それはなかなか難しいことです。

法然はそれができた人かもしれませんが、親鸞は「それは難しい」あるいは「でき
ない」と気がついた人のように思います。

＊

親鸞の「和讃」と師弟関係

親鸞は九十歳で死にますが、八十歳を過ぎてから「和讃《わさん》」というものをたくさんつくって暮らすようになります。和讃とは、信徒たちが集まったときに老いも若きも声を合わせてみんなで歌う歌のことです。七五調四行でできています。真宗の門徒の、いわばゴスペルソングです。

中世最高の知識人と言われているほどの親鸞は、最終的に当時の今様つまり流行歌のメロディにのせてみんなで歌う歌を何百も書き綴るという生活を送りました。非常に面白いと思います。

少年時代から青年時代にかけて当時最高の知性をつくりあげることに努め、その後、その知性を捨て去ろうとしてがんばり、そして最後、みんなで歌う和讃の作詞をして生涯を終えました。親鸞は、「自分が死んだら鴨川に流して魚の餌にしてくれ、葬儀などはするなよ」と言い残して死んでいきます。

＊

親鸞はまた、寺をつくりませんでした。道場というかたちでの総合研修の場はつくりましたが、寺は建てていません。小さくても自分の寺をつくるのが当時の坊主の常識というものでしたが、ひとつも建てていません。官職にもつかず、親鸞は、ありとあらゆるものを捨てながら生きた人です。

ただし、親鸞にも、やはり家族の絆というものがありました。善鸞《ぜんらん》という息子は、念仏の教えを伝えるために関東におもむきます。しかし善鸞が親鸞とは違う教えを広めているという噂を耳にし、親鸞は、涙を飲んで善鸞を義絶《ぎぜつ》しました。自分の跡を継いでくれると思っていた息子を捨てたわけです。親鸞が八十歳ごろの話です。

鎌倉時代の仏教書『歎異抄《たんにしょう》』に、「親鸞は弟子一人ももたず候」という、親鸞の有名な言葉があります。

実際には、親鸞には弟子が大勢いました。しかし、親鸞が言っているのは、弟子と師というような身分関係は一切捨てている、という意味でした。御同朋《おんどうぼう》と言いますが、同じ信仰をともにする仲間としてのつき合いはあるけれども、弟子師匠ということは一切なし。親鸞はそう言ったのです。

日本に綿々と息づく「捨てる」伝統

法然や親鸞の生きかたからもうかがえるとおり、日本には、古くから、捨てることを重要としてきた歴史があります。

鎌倉、室町という中世と呼ばれる時代の宗教家たちは、出家や隠遁《いんとん》に価値をおきました。世間を捨てるということです。

鎌倉時代中頃の人ですが、一遍上人《いっぺんしょうにん》もまた、その代表的なひとりだろうと思います。

何も持たず、所有せず、着たきりで全国を回遊し、人々に仏の縁を説いて歩きました。捨てることのなかにこそ人間らしい生きかたを見出そうとした、と言ってもいいでしょう。

人々は一遍上人を捨聖《すてひじり》と呼び、みな一遍上人に憧れ、尊敬もしました。

平安から鎌倉という時代は特に階級的な差別も大きい時代でした。いわゆる王朝というものがあり、朝廷に関係する貴族たちは、いま考えてもびっくりするくらいの豪華な生活をしていました。身のまわりにはモノがあふれていたことでしょう。その一方に、着の身着のままで暮らす下層の人たちがいっぱいいました。

当時の仏教的な勢力は、奈良の興福寺、比叡山の延暦寺を代表として、朝廷をはじめとする大きな権力と結びつきました。奈良が南都、比叡山が北嶺で、そういった仏教勢力を南都北嶺と言います。

権力の庇護《ひご》下にある南都北嶺は、非常に豪華な寺院を建てました。きらびやかで華やかな格好をした宗教家たちも多くいて、一遍上人のような捨聖は、一陣の涼風のように人々の心をひきつけたのです。

＊

捨てるという伝統は、たとえば十八世紀初頭、江戸時代の中ごろに書かれた『葉《は》隠《がくれ》』にも見ることができます。『葉隠』はもともと「葉隠聞書《ききがき》」と言い、鍋島藩士・山本常朝《つねとも》が語った、武士の心得についての談話を構成したものです。『葉隠』に出てくる「武士道と云ふは死ぬ事と見つけたり」という文句はとても有名です。モノを捨てるどころか、自分を捨てる。仏教では、捨身《しゃしん》と言います。こういうことさえ非常に慫慂《しょうよう》され、憧れられるような、そういう時代がありました。

捨てることに意義を見出すということは何も今に始まったことではなく、古来の伝統があるのです。

ところが、この国には「育み蓄えていく」という文化もあります。そのうえで、そういうものを捨て去って一個の裸の人間として生きていくという文化がある。

そういった二つの流れというものがあり、人々は常に両方それぞれに憧れながら生きている。そういうものだとぼくは思います。

身体に刻まれている記憶①

「手旗信号」と「モールス符号」

捨て去ることの難しさ、記憶の遺産ということについてお話をしておきたいと思います。

昔、新人のころに作家の宴会に呼ばれると、よく、若い人は何かやれ、と言われたものでした。器用に芸をこなす人もいましたが、ぼくは芸など何もないので、手旗信号をやります、と言って手旗信号をやりました。ぜんぜんウケませんでした。

なぜ手旗信号だったのでしょうか。中学一年生のときに、ぼくは無理やり、海洋少年団という団体に入れられました。今も韓国に地名として残っていますが、元山《ウォンサン》という海辺の都市で、軍艦に乗せられて教育を受けたのです。

いろいろしごかれましたが、その一環として、手旗信号を絶対に覚えなければいけませんでした。そのときに覚えたものが、ずっとそのまま残っていて消えないのです。

戦後七十数年が経っても、今でも手旗信号がすらすらとできます。これは、やはり、記憶の遺産です。捨てようとしても捨てられない、身体に刻まれた、肉体的な記憶です。

小学生のころには、モールス符号を強制的に覚えさせせられました。当時、学校の音楽の時間に習ったのです。

トンとツーの組み合わせで文章をつくり、情報を伝えるのがモールス符号です。今の人たちにはわけがわからないと思いますが、伊藤、路上歩行、ハーモニカ、入費増加、報告、屁、特等席という具合に、いろはにほへと、言葉に仕立ててモールス符号による五十音を覚えていきます。

「い」は、モールス符号ではトン・ツーです。トン・ツーのままだと覚えにくいから、い・とー、伊藤と覚えます。

「ほ」は報国。国に報ずるの報国です。ツー・トン・トン・トンだから、ほー・こ・く。「へ」はトンひとつ。これを「屁」と覚える。おならですね。

このモールス符号がまたぜんぜん消えなくて、高校時代、友人たちと試験のときによくやっていました。カンニングです。鉛筆の尻で机を叩くのです。トンツートトン、トトトツーなどという具合に、当時は友人のみんなが、モールス符号を使うことができたのです。

身体に刻まれている記憶②
『軍人勅諭』

大学生時代に、新宿のバーでこんなことがありました。

となりのボックスにいたのが元軍隊にいた兵士たちのグループで、懐かしそうに昔の軍隊の話をしていました。

軍歌を全員で大声で歌って、ほかのお客さんたちも、みな眉《まゆ》をひそめている。それで、「おじさんたち、もう少し静かにしてくれませんか」とぼくがたのんだわけです。

すると、元兵士たちはこう言いました。

「何を言ってるんだ。おまえたちが銃後でのうのうとしているときに、俺たちは戦地で泥水をすすり草をはんで戦ってきた。そのおかげで今日があるんだ。えらそうなことを言うな」

それに対して、ぼくはこう応じたのです。

「そんなことを言うけれども、当時はぼくら子供も少国民と呼ばれて、勤労奉仕をしたり、塹壕《ざんごう》をほったり、防空壕をつくったり、いろんなことで協力したんだ。兵隊だけががんばっていたわけじゃないですよ。そんなに軍人軍人といばるんだったら、軍人勅諭《ちょくゆ》くらい言えるでしょう。言えますか」

『軍人勅諭』は、正式には『陸海軍軍人に賜はりたる勅諭』といって、明治十五年に明治天皇から下賜《かし》された二千七百字の勅諭です。

「我國の軍隊は世々天皇の統率し給ふ所にそある」から始まるのですが、長い前文の後に、具体的な例則が書かれている条が五つ、続きます。元兵士は、その五カ条だけをえらそうに暗誦《あんしょう》してみせました。

「違う。本文を全部、言ってみてください」

ぼくがそう言うと、そんなものを言える人間がいるものか、という返事。

「おじさんはそう言うけど、ぼくら少国民は小学生のころに軍人勅諭を暗記させられた。全部、覚えているんだからね」

ぼくは、そこで『軍人勅諭』を前文から順に暗誦してみせました。すると向こうも兜を脱いで、「子供もたいへんだったんだな、わかった」という話になったのです。

『軍人勅諭』には、「軍人は忠節を盡《つく》すを本分とすへし」「軍人は禮儀《れいぎ》を正くすへし」「軍人は武勇を尚《とうと》ふへし」「軍人は信義を重んすへし」「軍人は質素を旨とすへし」の五カ条が書かれています。

五カ条にはそれぞれ文章がついています。たとえば「軍人は禮儀を正くすへし」なら、「凡《およそ》軍人には上元帥《かみげんすい》より下一卒《しもいっそう》に至るまて其間《そのあいだ》に官職の階級ありて統屬《とうぞく》するのみならす同列同級とても停年に新舊《しんきゅう》あれは新任の者は舊任《きゅうにん》のものに服従《ふくじゅう》すへきものそ下級のものは上官の命《めい》を承《うけたまわ》ること實《じつ》は直《ただち》に朕《ちん》か命を承る義なりと心得よ……」といった具合です。

ぼくは、これを全部、覚えています。そのほかに、『青少年学徒ニ賜ハリタル勅語』、そして『教育勅語』。この二つは、強制的に頭のなかに注入されて残っていて、消えません。消したいけれども、消えません。当時の小学生は、これらを丸暗記させられたのです。

記憶というのは、身体に染みついてしまった、やっかいなものでもあります。とりわけ、戦争というものの記憶はいろんなかたちで身体に残っていて、時にモノを依代《よりしろ》として鮮やかに蘇ります。

身体に刻まれている記憶③「ゲートル」の巻きかた

地方に伺ったときのことです。お邪魔したその家の方が懐かしそうな顔をして、昔はこれを足に巻いたもんだと言い、「ゲートル」というものをもってきました。

ゲートルは「巻き脚絆《きゃはん》」とも言います。兵隊が足に巻くものです。行軍に耐えられるよう、足のうっ血を抑えるために包帯のような長い布をぐるぐると巻くのです。

じつは、ゲートルを巻くのは、ものすごく難しいのです。ところがぼくは、それがとても得意でした。当時の先生方や友人に、おまえは本当に早く、しかも上手に巻けるな、と感心されていたくらいです。

ぼくは、家の方がもってきたゲートルを手にとって、昔教練のときにこれを巻いたんですよ、こんなふうでしたよね、と言ってぐるぐると巻いて見せました。すると、その方に、よくゲートルが巻けますね、とびっくりされました。

これもやはり中学一年のときのことです。学校で教練というものがありました。軍人の指導教官がついて、三八式歩兵銃という重い銃を担がされ、匍匐《ほふく》前進だとかいろいろな訓練をした記憶が、そのとき、彷彿《ほうふつ》として蘇ってきました。

ゲートルが依代《よりしろ》となって、ぼくが経験した、当時の中学生が受けた戦闘訓練の様子が絵巻物のように浮かび上がってきたのです。

それまで、すっかり忘れていたことでした。ゲートルを上手に巻けることができるといったことさえ覚えていませんでした。たまたまゲートルを見せられて、昔は得意だったんですよと言い、さらさらっと巻くことができたのです。

＊

捨てるというのは、とても難しいことです。

法然、あるいは一遍という人は、それができた人かもしれません。親鸞は、それができないことに気がついたからこそ、捨てることに生涯こだわり続けた人かもしれません。蓮如という人は、そのこだわりをこそ捨てた人なのかもしれません。

私たちの身体には、捨てたいと思っていても捨てることのできない記憶が染みついてしまっています。また、そんなところに人それぞれの歴史というものがあるだろうと思っています。

ぼくのガラクタたち
その肆

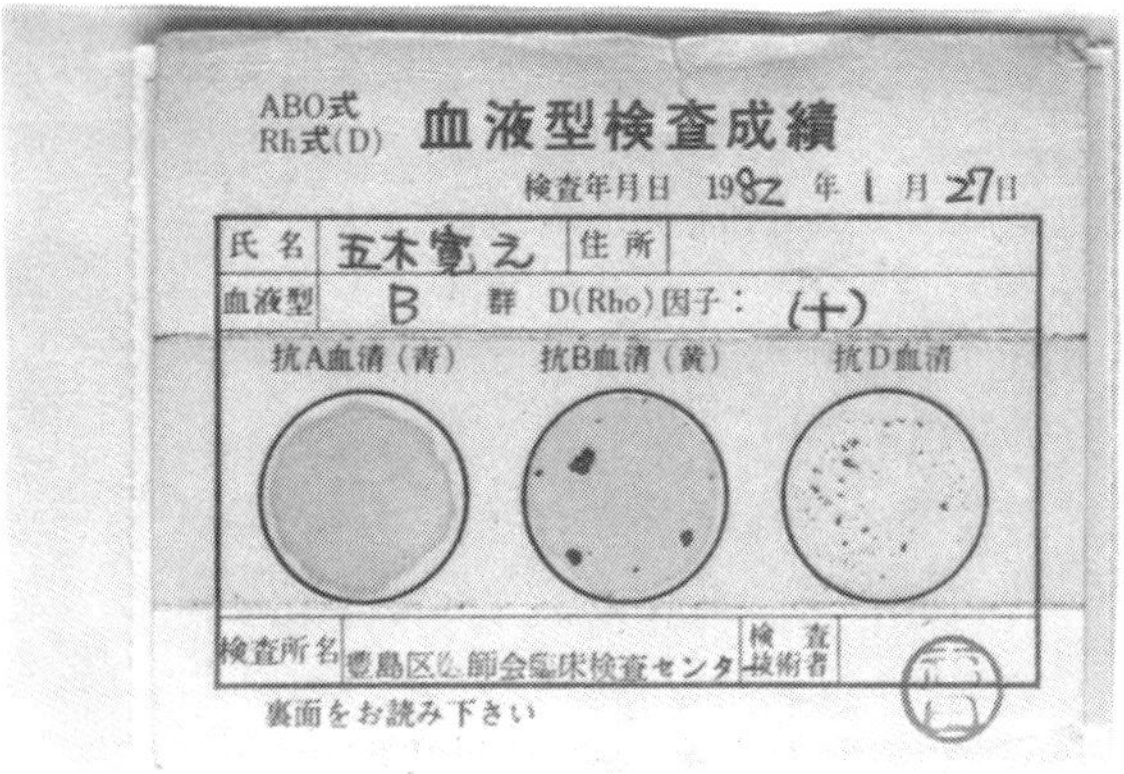

血液型の証明書

1982 年、サーキットをスポーツ・タイプの車で走ることになり、その必要から取得。B 型だった。

第五章

失われつつある、町の記憶

加賀百万石以前の金沢は「大名のいない町」だった

もう何十年も前の話ですが、ぼくは金沢で暮らしていたことがあります。金沢は今、平成二十七年に新幹線も通り、これまで以上に観光地として評判になっています。当時、街のいくつもの場所に、その名の由来を説明する立て札が立っていたことを思い出します。

たとえば、道路に埋もれてしまったのでしょうけれども、欄干《らんかん》だけが残っている枯《かれ》木橋《きばし》という橋があります。そこの立て札には、枯木橋の名の由来がおおむねこんなふうに説明されていました。

《かつての一向一揆《いっこういっき》で、金沢の一向宗の民衆と一向宗を攻める側とが戦い、このあた

りは焼け野原となった。家の柱が焼け残り、焼け跡に枯れ木のように残っていたことから、枯木橋と呼ばれるようになった》

金沢は、加賀百万石の城下町とよく言われます。しかし金沢は、前田家がつくったわけでも、江戸時代に立派になったわけでもありません。

前田家がやって来る前、金沢は、金沢御堂《かなざわみどう》という大きな寺を抱える寺内町《じないまち》でした。寺を中心に街ができ、それが拡大していったのが金沢です。

この寺内町の勢力が加賀一向一揆と呼ばれ、室町時代から戦国時代にかけて大名たち、武将たちによって制圧のために攻め込まれます。

そもそもは、蓮如が越前吉崎に建立した吉崎御坊《よしざきごぼう》に始まり、以来百年にわたって、百姓の持ちたる国、領主のいない国と言われる体制を実現してきたのが金沢という地でした。

天正八年、一五八〇年に織田信長の軍勢によって加賀一向一揆は滅ぼされ、その後に前田家が金沢に入ってきます。金沢御堂の寺群をすべて焼き払ったあとにつくられたのが金沢城です。

加賀百万石は、二代目三代目の話なのです。そういう歴史は、あまり語られないように思います。金沢の人自体も、多くの場合、金沢は前田家のつくった町だと思っています。

金沢は、たいへん珍しい歴史を持つ町です。大名といった領主のいない、集団指導制にもとづく、いわば共和制が百年近く続いた日本史上初めてと言っていいほどの町でした。一部では新調されて残っていますが、こういった歴史を示す立て札はいずれ撤去されていく傾向にあるようです。

日本各地で失われていく、時代の記憶

日本のいたるところで、時代の記憶がどんどん消えつつあるように思います。記憶を蘇らせるよすがとなる、立て札だったり建物だったり橋の名前だったり……、そういったモノを捨てずにおくことはやはり大事ではないか。

金沢でも、たとえば古い町の名前が行政指示でずいぶん整理され、数字を使って簡素化されたことがありました。飛梅《とびうめ》など、いい名前が一時、ずいぶん消えたのです。

金沢市民の運動の力もあって、平成十一年以降、町名は徐々に戻ってきています。

旧町名復活というこの運動自体は昭和五十四年頃に始まったものですが、とにかく手

続きがたいへんだという話を聞いています。

町の古い名前には、その町のあり方の記憶がそのまま残っているものです。たとえば主計町《かずえまち》を歩くときには、昔の藩政時代にはここに会計役の藩の役人たちが住んでいたんだな、などと思います。

宗教的共和国だった金沢を思い出させるよすがになるのが、町中にある枯木橋であり、金沢城にある御堂の遺構とされる極楽橋であり、立て札が立っていれば、なるほどそういうことがあったのかと、みんなが思い出します。

そういうモノを撤去してしまえば、そういう出来事を誰も知らない、故事については誰もわからないことになってしまいます。

それはかえって、金沢という町を貧しくしてしまうでしょう。加賀百万石の城下町だった。その前は宗教都市だった。ではその前は、というふうに重層的であるのが町というものです。

ダイバーシティ（diversity）といって、最近、多様性が重要だということがよく言われますが、町もまた、歴史的な多様性をもって今そこにあるものです。町全体の厚みあるいは奥行きが感じられるのは、そこに多様な歴史の記憶があってこそでしょう。

記憶を捨て去っていけば、フラットで平板、平面的で薄っぺらになっていくばかりです。実際、日本の町というものは、どんどんそうなっていっているような気がします。

*

ぼくは、金沢は赤レンガの似合う町だ、と思っています。かつて金沢には、赤レンガの建物がいくつもありました。

今残っているもので印象的なのは、香林坊《こうりんぼう》という繁華街の近くにある、四高《しこう》と略して呼ぶ旧制第四高等学校の建物でしょう。明治二十四年の建造で、今は石川近代文学館および四高記念館として使われています。四高は、西田幾多郎や鈴木大拙、正力松太郎、井上靖をはじめ、各界のあらゆる才能を排出した学校でした。

金沢は、どうして赤レンガが似合う町なのでしょうか。

たいてい天気の悪い土地柄です。秋から冬、春にかけて曇天《どんてん》が多く、暗い日が続きます。そして、雪が降ります。

そういうなかでは、今とてもモダンとされていて、町のほとんどの建物がそうであるようなコンクリート打ち放しの灰色の建物は、むしろ汚く見えるのです。

雪の中に見る赤レンガの四高などは、本当に鮮やかでチャーミングです。

ぼくは、赤レンガの建物はできるだけ残すべきだと言ってきました。市立の図書館が建てられるとき、隣にあった専売公社の建物が取り壊されてレンガが捨てられようとしているのを見て、それを生かして図書館をレンガ建てにしたらどうかと提案したことがあります。

レンガ建ては予算がとてもかかります。それでも、建物の正面はいちおうレンガ建てになりました。かつて暮らしていた金沢に、ぼくが残したのはそれくらいのものでしょうか。

金属プレートでよみがえる、日露戦争

金沢は、明治期の戦乱にも巻き込まれず、太平洋戦争の空襲も受けていませんから、もう何百年も戦災に遭《あ》っていないことになります。古いままの家並みも、とくに下町にはしっかり残っています。

ぼくが金沢にいたころ、錆びついてほとんど字の読めない金属のプレートがかかっている家があちこちにありました。近づいてよく眺めてみると、「遺族の家」と書いてあります。これは、日露戦争で戦死者のあった家に配布されたプレートです。

日清戦争の直後に新設された六師団のひとつ、第九師団の兵士として日露戦争に出征し、戦死したのです。

乃木希典《のぎまれすけ》陸軍大将の指揮のもと、富山、金沢、石川、福井の兵隊たちが大量に日本海を渡り、二百三高地で湯水のように機関銃の銃撃の中へ送り出され、消耗し、死んでいきました。

遺族の家のプレートを見るたびに、町の人たちは、この家は命を捧げて国を守ってくれた軍人さんを出した家だとして、深い感謝の気持ちを持ったのだろうと思います。そしてこのプレートも、今はもう見かけません。

遺族の家のプレートも、記憶そして歴史の依代《よりしろ》です。

日露戦争では金沢の師団が最も大勢、戦死しました。記録によれば、石川県下だけで二八〇〇名以上の戦死者を出しています。

このことに責任を感じて割腹自殺をしたとされているくらい、乃木大将は兵士たちに無茶な肉弾攻撃を遂行させました。敵が丘の上から機銃掃射する中を繰り返し繰り返し登らせたのです。

最終的には制圧するのですが、そのための犠牲には想像を絶するものがありました。

歴史の中には、隠そうとされるもの、忘却が望まれるものが必ず含まれています。モノとして何かのかたちが残っていれば、それを依代にして記憶は蘇り、物語として語られていきます。

消え去っていく、地方の文学賞

昭和六十三年から平成元年にかけて、ふるさと創生事業が展開されたことがありま
す。全国の各市区町村に一億円が交付された国の政策です。

その一億円を基金にして、地方に文学賞が雨後の筍《たけのこ》のようにできました。それが、
ここ数年で、どんどん廃止になって消え去りつつあります。

北海道の小樽には、伊藤整《せい》文学賞がありました。『チャタレイ夫人の恋人』の翻訳
者、また詩人として有名な伊藤整にちなんだ、ユニークな、気品のある文学賞でした。

こういうものがあると、小樽を訪れたとき、ああ、この坂道を歩きながら若き伊藤

整は処女詩集『雪明りの路』のあの一行を思いついたのかもしれないな、などと思います。レンガ建ての建物をはじめ、小樽のいろんなものが情緒豊かに見えてきます。人間とは、そういうものです。

目に見えないところにある魅力つまりカルチャーを今、地方はどんどん捨てているような気がします。

たとえば、賞金百万円のところを二十万円にしよう、十万円にしようということで続けていけばいいのではないでしょうか。そういうものをしっかり守って残す。

高速道路はつくるけれども文学賞はやめてしまう、というようなことはどうも賛成できません。

金沢には、令和四年で五十年目の泉鏡花文学賞があります。

泉鏡花という作家の思い出あるいは記憶があるからこそ、あそこが浅野川という旧市街の川の流れ、このへんが滝の白糸の舞台になったところ、といったことを考えます。そしてひときわ情緒を感じます。それがなければ、そこは単なる川っぷちです。物語マジックみたいなものは確かにあるのです。

詩人の中原中也も金沢に住んでいたことがあります。ただし、今、金沢で中原中也のことはほとんど聞きません。

金沢に因縁のある詩がかなりあり、有名な「サーカス」の詩は、金沢の神明宮《しんめいぐう》境内で幼いときにみたサーカスの思い出から生まれました。軍医だった父親の転勤で、幼い頃、犀川《さいがわ》沿いに暮らしていました。

*

また、たとえば奈良の橿原《かしはら》の飛鳥《あすか》は、日曜日などには飛鳥銀座と呼ばれるくらいに人がたくさんくるところですが、風景としてはあまりにも平凡です。耳成山《みみなしやま》も畝傍山《うねびやま》も、丘みたいなものです。

それだけ人がくるというのは、飛鳥には『万葉集』や『古事記』『日本書紀』のゆかりがあるからです。こんな風景を目にしながら石川郎女《いしかわのいらつめ》は恋の歌を詠んだんだなとか、二上山《ふたかみやま》には大津皇子《おおつのみこ》との悲しみに満ちた関係があるんだなとか、物語があるから一木一草にまで趣があるように感じられます。

古代のロマンとはそういうものです。だから人々は足を運びます。

文豪の町・サンクトペテルブルク

町並みというものは、やはり、古い建物を残しながら新しい姿をつくっていってほしいものだと思います。

ロシアにサンクトペテルブルクという都市があります。十八世紀初頭にピョートル大帝が建設した都市で、作家のドストエフスキーが暮らし、また死没した地としても知られています。

サンクトペテルブルクには、ドストエフスキーが小説に描いた町並みがそのまま残っています。

ラスコーリニコフが平伏して大地に接吻したセンナヤ広場があり、そんなラスコーリニコフを見守るソーニャが身を隠していた場所も想像できます。物語が町に残っているのです。

作品の舞台となった町が外観もそのままに残っている。これは、作品にとって大事なことです。バックグラウンドが確かにあるのとないのとでは、読むことの面白さがぜんぜん違ってきます。

サンクトペテルブルクにはドストエフスキーが住んだ家も記念館になって残っています。

ぼくは、ラスコーリニコフが登場する『罪と罰』や、未完の傑作長編『カラマーゾフの兄弟』を書いたとされているテーブルに座ってみました。感無量でしたね。残っているということは、やはり大事なことです。

サンクトペテルブルクにはまた文学カフェという名のカフェがあり、プーシキンが決闘に行く前にそこでお茶を飲んだと言います。プーシキンはその決闘で受けた傷で死ぬのです。

文学カフェには、プーシキンの絵が飾ってありました。店自体は正直たいしたことはありません。しかし、文学者のゆかりがある店だからこそ、多くの人が訪ねていくのでしょう。

そういったものがあることで、町は奥ゆかしく、陰影のあるロマンティックなものに感じられるのです。

文化の薫る町・ワルシャワ

ヨーロッパの人々は、古い歴史的記念物にこだわります。ぼくはヨーロッパに対してコンプレックスはありませんが、ヨーロッパの町並みには日常生活のなかに歴史を感じさせるところがあり、それはやはり素晴らしいことだと思います。

ポーランドにワルシャワという都市があります。およそ十三世紀まで遡《さかのぼ》ることのできるこの地の歴史が垣間見える、伝統的な町並みで知られています。

しかしワルシャワは、一度壊滅した都市でした。一九四四年にワルシャワ攻防戦があり、ドイツ軍によって徹底的に破壊され、廃墟と化した町でした。

ワルシャワの人たちは、昔の絵画や写真を参考にして、すべてを昔のまま忠実に復元したのです。実際に訪れるとただ古臭いばかりにも見える町並みは、焦土と化した中に復元された、十八世紀、十七世紀、十六世紀の建物でできています。

このこだわりは、時代錯誤のようにも思えます。しかし、歴史に徹底的にこだわり、歴史の記憶を徹底的に再現したから、ワルシャワという都市は、訪れる人に厚みというものを感じさせるのです。

ポーランドのワルシャワには物語がありました。そして、その物語を思い出させるためには、建物というモノが必要でした。モノがあるから、かつてのことを思い出します。回想できるのです。

ワルシャワには、ショパンの心臓があります。ワルシャワの、聖十字架教会の柱の中に納められています。ショパンは一八四九年にパリで死んでいますが、祖国に帰りたいというショパンの意思を尊重して、こっそり、親族の人が心臓だけをビンに詰めて持ち帰ったのです。

こういうモノを捨ててしまうなら、物語も何もありません。物語がなければ、ワルシャワは単なるヨーロッパの町になってしまうでしょう。

物語をビジュアルに再現するものが建物であり、また、記念の公園であったり広場であったりするのです。

新しいものをより引き立てる、歴史の奥行き

モノを捨て去ってすっきりする。これが時代の主流であるというのは、今、都市のありかたについても言えることだろうと思います。

東京も、大阪も、福岡も、その他の都市も、すっきりした町並みをつくりあげて近代都市となろうとするのは大事なことでしょう。

しかし、そのために捨て去るものが多すぎれば、どんどん奥行きのない都市になっていきます。ひいては、ひとつの国を失ってしまうことにもつながりかねないような気がします。

日本は古いものを簡単に捨てることのできる国です。文明開化の名残りかもしれません。新しいものが良いという気持ちがすっかり染みついているのだろうと思います。

また、こういうことも言えるかもしれません。地震や台風など天災が多い日本列島です。ひとつを長く残すということが難しい土地柄なのかもしれません。

たとえば伊勢神宮は二十年ごとに式年遷宮が行われます。二百年三百年と残そうというのではなく、日本は、捨て去るということを絶えず繰り返すことでできている国だという気もします。しかしそこには、完全なる複製はオリジナルそのものだという思想があるからです。

東京に増上寺《ぞうじょうじ》という古い寺があります。増上寺の大きな屋根越しに東京タワーが見えます。とても面白い風景です。

港区という近代的な場所に増上寺があることで、やはりずいぶん違うのです。駐車場があり、東京タワーが見えるだけであれば、ずいぶんと薄っぺらに感じるでしょう。新しいものをより鮮烈に感じさせるためには、歴史の奥行きが必要だということなのです。陰影のある町にしておいたほうがいいということです。

増上寺では毎年の盆踊りがけっこう賑《にぎ》やかです。夜遅くまで、大勢集まってきて踊っています。港区という新しさが先立つような場所に、こんなに盆踊りの伝統を楽しみにしている人がいたのかと思います。

神社仏閣のあるところには、古来の自然環境が大事に残されています。社稷《しゃしょく》と言いますが、周りは全部近代化しているのに、そこに森が残ります。これは神社仏閣の効能のひとつです。人の心に対しても同じような効き目があって、増上寺の盆踊りは賑やかなのでしょう。

ぼくのガラクタたち
その伍

テレフォン・カード

金沢で購入。樹木を雪から守るために施《ほどこ》す、金沢の名物「雪吊り」のデザインをまずまずと感じて。

第八章

この国が捨ててきたもの

坂の下の雲、あるいは暗い霧

現代は、〈記憶〉というものをどんどん捨て去っていく時代かもしれません。

簡単にモノを捨て去ってしまうということは、モノにまつわる人それぞれの記憶と合わせて、もっと大きな、モノを依代《よりしろ》にして蘇る私たち全体の時代の記憶、〈歴史〉というものを簡単に捨て去ってしまうということ。記憶とは、結局、歴史なのです。

私たちに伝えられている歴史は、もしかしたらどこかが食い違ったまま伝えられているのではないでしょうか。

私たちが明治という時代をイメージするときには、明治時代を語っている資料や本を読むしかありません。そこで語られている明治は、当時を生きていた人たちの実感とはぜんぜん違っている明治なのではないか、ということです。

明治とは、国民と国家が一体となって坂の上の雲を目指して邁進《まいしん》した近代史に輝ける時代である。それは、確かなのです。ただし、その一方で、年表に書かれるような表現とは違う反面がやはりあったはずです。

ぼくは以前、『五木寛之の百寺巡礼』（テレビ朝日・BS朝日）という紀行番組をやっていました。ある地方の農村のお寺を訪ねたとき、そこの住職が、「祖父から聞いた話ですが」と前置きをしてこんな話をしてくれたことがあります。

「明治のころ、この近所で繁盛していた神社仏閣というのは、公事《くじ》逃れにご利益があるところばかりでした」と。

日本には古代から、農産品をはじめとする税以外に肉体的な労力を国家に提供する

「公事」というものがありました。

飛鳥時代から平安時代にかけて九州に派遣されていた防人《さきもり》なども公事のひとつです。仏像造営に際してもたくさんの人が労働力を提供しました。のちの時代も、その地その地の領主・城主に労働力で奉仕するということがあり、一年に何日は公事とするというふうに決められていました。

明治時代、当時の公事とは当然、徴兵です。公事逃れというのは、要するに、兵隊にとられないということです。

当時は、一家に子供が六、七人いるのはあたりまえ。家業を支える貴重な労働力です。

規則で長男は徴兵にとられませんが、二男三男といった人たちは根こそぎ動員されました。馬まで徴発される時代です。子供たちに次々に赤紙が来て、兵隊になり、怪我をして帰ってきたり、戦死してしまったりします。

万歳をして歓呼の声で送りながらも、やはり当時の庶民の心境は、できれば子供は徴兵にとられたくない、兵隊にやりたくない、というものでした。武功に授けられる金鵄《きんし》勲章を望んで元気いっぱいに発つ、そんな出征兵士たちの間にも、ある種の哀愁が漂っていました。夏目漱石が『趣味の遺伝』という小説に書いています。

そんななか、公事逃れにご利益があるという寺に、親や本人が行っても具合が悪いから、親戚や友人、知り合いの人が行き、盛んにお百度を踏んだり、御札をもらったりしたのです。あるいは、近所の目を気にして、家から離れた外の村や町の寺にお参りをして、「うちの息子に赤紙がきませんように」と祈りました。

話をしてくれた住職は「繁盛《はんじょう》」という言葉を使っていますが、これは仏教用語です。当流の繁盛などというふうに言いますが、人がいっぱい集まってきて寺が賑《にぎ》わい盛り上がることを繁盛といいます。それがのちに興行の成功を指して使われるようになり、今ではもっぱら商売繁盛というふうに使われています。

こういった話を聞くと、明治という時代の、また違う一面が見えてきます。坂の下の雲というか暗い霧というか、明治にもやはりそういうものがあったんだな、と気がつきます。

公事逃れにご利益がある寺が繁盛する。これが、日露戦争のころの、本当に正直な国民の感情だったのかもしれません。与謝野晶子に「君死にたまふことなかれ」という作品がありますが、そういう歌が詠《うた》われる背景はやはり農村の中にあったのだな、ということにも気がつきます。

国民と国家が一体となって日清日露を戦い抜いて近代化を達成した――。年表に書かれるような表現は、景気のいい話に聞こえます。しかしその背景には、庶民農民たちの痛みあるいは悲嘆が流れていたのです。

過去を振り返ってこそ、文明は成熟する

文明の成熟は、経済的な成長とタイムラグがあると思います。十四世紀にイタリアで始まるルネサンスにしても、フィレンツェやベネツィアの様子を調べてみると、経済的な成長が絶頂を極めたときに文明や文化、カルチャーが成熟したわけではないことがわかります。経済的な成長が峠を過ぎて、言わば下山の段階に入ったときに文明の成熟期に入るのです。

文明の成熟は、過去を振り返ることとそのものにあります。ルネサンス期、フィレンツェのメディチ家に「プラトン・アカデミー」という私的なサロンがありました。

その私的なサロンは、ルネサンスの思想を体系づけた知識人の集まりで、そこで行われたのは、要するに、ギリシャ・ローマの文明をもう一度振り返るということです。ルネサンスという新しい文化は、過去を振り返ることで台頭しました。

成長の時期には、邪魔なものは捨てればいい。成熟するためには、いろんなものを抱え込んでいたほうがいい。ぼくはそう思っています。

外国人が驚く、家のなかの「教会」

加賀門徒の地である金沢は古い町で、戦災に遭《あ》っていません。古い家屋がそのまま全部残っているような町です。そして古い家屋には、たいてい仏間があります。仏壇を広間の隅に置くのではなく、各家に三畳程度の、仏壇専用の仏間があるのです。仏壇も、能登の輪島塗だったり、金箔《きんぱく》をふんだんに使ったり、身代《しんだい》を傾けてもというほどの費用を細工にかけて豪華につくった、芸術品といっていいような仏壇ばかりです。高さも二メートルほどの、とても大きなものです。

門徒の人たちは、そんな仏壇に朝夕仏飯を供え、閼伽水《あかみず》を替え、南無阿弥陀仏を唱えてきました。

ところが今、世代交代による仏壇問題が起こっています。金沢や能登でも、若い人たちの多くが代々の家を離れて、町の中心部のほうへ出ていき、マンションに住むようになってきました。仏壇が廃棄物扱いされるようになってきているのです。仏壇の引き取り手がありません。ゴミとして捨てる以外にない状況です。

金沢の仏壇の見事さは類を見ません。そこでぼくは、「仏壇ミュージアム」をつくって保管展示をと提案しています。

どう見ても価値の高いモノが、ゴミとして捨てられる目に遭っている。宗派によりますが、キリスト教の聖壇もまた美しく細工されます。金沢の仏壇は、それよりももっと素晴らしい細工です。美術品としての見事さだけではなく、そこには、朝夕拝んでいたという、心の拠《よ》り所としての歴史もあります。

マンションに住む人たちは、ちょっと古風な人であれば、モダンな家具に見える、折りたたみのコンパクト仏壇を持っています。こういった奥ゆかしさもやがて失われるかもしれません。

＊

金沢には明治二十六年創刊の「北國《ほっこく》新聞」という伝統ある地方紙があります。この新聞社が毎夏、サマー・キャンプという、外国人を何百人か招待して一週間ほど日本の田舎の暮らしを体験してもらうという催しを長く行っています。

どういうところへ行かせるのがいいでしょう、という相談を受けたとき、ぼくは、金沢の古いお宅へ伺って仏壇を拝見する体験をさせたらいい、という提案をしました。お仏壇を拝ませてくださいと言えば、嫌だというお宅はありません。

外国の青年たちは、能登から金沢の田舎、いろんなところを訪ねていって仏壇を拝み、みな、びっくりして帰ってきました。日本では一軒一軒の家すべてに「教会」がある、と言うのです。

こんな国は初めて見た。日本人の間に宗教心がこんなに深く根づいているとは夢にも思わなかった。驚嘆と賞賛のレポートがいっぱい集まりました。そういう仏壇が、今、捨て去られつつあるのです。

東京は「捨てる都市」なのか

日本の各地には、姫路城や大阪城をはじめとする古い城や、寺、神社がありますが、それらはすべて歴史の依代《よりしろ》です。たとえば法隆寺という建築物を見ることで、斑鳩《いかるが》の一帯に当時の日本を実感することができます。

文化財だから大事にしようということだけではなく、国民の記憶の依代としての法隆寺や唐招提寺《とうしょうだいじ》を大事にする。そういうものがどれだけ豊かに残っているかということが、国にとっては重要なことでしょう。

フィレンツェやローマ、またパリというのは、そういう記憶の依代が数多く残っている都市です。ただならない貫禄がある都市です。

オープン・シティ（open city）つまり無防備都市として、ヒトラーでさえ、パリを爆撃しようとはしませんでした。人類の遺産だと思うから、フィレンツェもローマもナチスは爆撃しませんでした。

スペインのバルセロナではサグラダ・ファミリアというガウディ設計の教会の建設が延々と続いています。これもまた、バルセロナの記憶の依代です。


そういうものがどれだけ日本に、東京なら東京にどれだけあるのか。これは、国民がどれだけ歴史を知っているかという点においても決定的なことです。

東京駅は、かろうじて残っていますね。それでも、その建設開始は明治四十一年です。

東京タワーは、なんとなくできてずいぶん経ったような気がしますが昭和三十三年の竣工《しゅんこう》です。

東京タワーの立っている一帯は、『アースダイバー』（講談社）を書いた中沢新一さんに言わせると、もともと、海に貼り出した岬の一端だったそうです。その高台には、縄文時代以来の古代の人々の墳墓があった。

死者を埋葬する場所だったのだから、そこに増上寺《ぞうじょうじ》があるのは納得がいくし、戦車をつぶした鉄材でできた東京タワーがあるというのもこの場所の奇妙な特性が表れている、というようなことをおっしゃっています。

そう言えば、芝公園にあるホテル「ザ・プリンス パークタワー東京」の脇には、芝丸山古墳という非常に大きな遺跡があります。東京には、いくつかそういう古いものがいまだに保存されて残っていることは確かです。

そういったものを整理していくと、どんどん記憶は失われ、書物に書かれた記録、データだけになっていきます。大事なのは記憶の実感です。東京タワーも、できたときには、戦後の日本人にどれほどの自信を与えたかしれませんから。

失われていく「方言」

平成二十八年に、『君の名は。』（監督・新海誠）というアニメ映画が大ヒットしました。ぼくの世代で「君の名は」と言えば、銀座・数寄屋橋の橋の上で岸惠子と佐田啓二がすれ違う松竹映画『君の名は』（監督・大庭秀雄）のワン・シーンを思い出します。

ぼくが東京に来た頃には、今の数寄屋橋交差点界隈には川が流れていました。橋がかかっていたから、数寄屋橋です。昭和三十三年に川は埋められて橋はなくなり、高速道路が通り、商店街になって、数寄屋橋の名前だけが残りました。

都市の記憶を蘇らせるものとして、今、数寄屋橋という名前があり、『君の名は』という映画があります。ぼくは、せめてそういうものは捨てずにおこう、と言っているだけです。捨て去ることで完全に失われるものもあるから、捨てていいものと捨てないほうがいいものをちゃんと考えてみよう、ということなのです。

歴史はもろく、どんどん失われていくものです。たとえば、ぼくは福岡の筑後地方の出身で福岡弁を使います。九州には福岡弁と佐賀弁と長崎弁と宮崎弁とあり、すべて違います。

今はもう、福岡に行って地元の子供たちに九州弁の昔の言葉で話しかけても、きょとんとされます。子供たちはきれいな標準語で答えます。

方言がなくなるのは別にかまわないと思います。しかし、方言のなかにこそ残る地方の文化や生活の記憶というものは、なんらかのかたちで残したいという気がします。

とはいえ、言葉が消えるというのはやはり残念なことです。「訛《なま》りは国の手形」という言葉があるように、昔は、話している言葉を聞けば、その人がどこの出身かということがわかりました。ここは未練がましくなりますが、方言については、そんなに簡単に捨て去ってしまっていいものだろうか、と思います。

スペインのバルセロナではバルセロナ語が使われています。マドリッドを東京とすればバルセロナは京都、のような関係です。ピカソやチェリストのパブロ・カザルスをはじめ、芸術家をたくさん輩出した伝統のある都市です。

バルセロナには、バルセロナ語のラジオ放送があります。こういった何かのかたちで工夫して、日本でも、ミュージアムのような機関をつくって失われつつある言葉を残せないものかな、と思います。

戦後七十年間語られずにきた「乙女の碑」

戦前から戦中の時代、日本は満洲《まんしゅう》という地を国家防衛の生命線としていました。昭和七年に清朝最後の皇帝・溥儀《ふぎ》を元首として建国が宣言された満洲国を事実上の支配下におき、満洲地域の経済開発を進めます。

満洲の開発計画は大きく分けて三つありました。重工業を含む満洲産業開発五カ年計画、ソ連との国境地帯の軍事的整備を進める北辺振興三カ年計画、そして、満蒙《まんもう》開拓団を中心とする日本人農民移民の大量送出計画です。

満蒙開拓団は、満洲を日本の食料庫にしようという計画でした。満洲で生産した農産物を日本に送り込むわけです。満蒙開拓団は、国防の充実をはじめとする七大国策のひとつに数えられました。

満洲に行けば広大な土地が無料で提供されるといった、いわば甘言もあって、全国各地の農民が開拓団に参加しました。場合によっては村をあげて海を渡りました。終戦までに約三十二万人が移住したとされています。


満洲は荒野でした。しかも、その土地の多くは、現地の人たちから無理やり取り上げたり安く買い叩いたりした、恨みを買っている土地でもありました。

それでも満蒙開拓団の人たちは一から開拓を始め、家を建て、営々として働き、なんとか、満洲に農場をつくりあげていきます。

日中戦争が本格的になって徴兵される男子が多くなってくると、二十歳未満の青少年で構成された満蒙開拓青少年義勇軍が送られるようになります。彼らの現地定着を助けるために日本国内からは多くの女性たちが送り込まれました。そうした女性たちは、開拓民たちの妻、あるいは大陸の花嫁と呼ばれました。

昭和二十年八月八日、ソ連が日ソ中立条約を事実上破棄して宣戦を布告。翌日から満洲に侵攻を開始し、以降、ソ連軍の駐屯《ちゅうとん》が始まります。邦人保護にあたるべき関東軍は撤退し、満蒙開拓団の後ろ盾はなくなります。

満蒙開拓団の状態は、逃避行に入る集団、孤立して動けなくなる集団と様々でした。中には百人、二百人の人たちが手榴弾ないし服毒で集団自決をする、ということもありました。

そんな状況の中で岐阜県の旧黒川開拓団がとった行動が、最近、明らかになりました。戦後七十数年を経た平成二十五年頃からなされるようになった、開拓団の生き残りの女性たちの証言で表に出てきたのです。

＊

岐阜県白川町の佐久良太《さくらた》神社境内に「乙女の碑」という慰霊碑があります。旧黒川開拓団が昭和五十七年に建てた碑です。当初、なぜこの碑が建てられたのかは記されておらず、旧黒川開拓団の関係者以外、その理由を知る人はいませんでした。開拓団末期にとられた行動については、戦後七十数年、一切語られることがなかったのです。

平成三十年、女性たちの証言をもとに、「乙女の碑」が建てられた理由を説明する文章が追加されました。その、旧黒川開拓団が開拓団末期にとった行動は次のようなものでした。

開拓団は集団自決を考えるまでに追い詰められていました。しかし、なんとか生き延びようと、ソ連軍と交渉を始めるのです。

とりつけたのは、ソ連軍に接待の女性を提供する、その代わりにソ連軍は開拓団を外部からの襲撃から守る、という約束でした。女性たちは、出征兵士の妻と未婚女性とに分けられ、未婚女性がソ連軍のところへ送られました。どんなにか辛く嫌なことだったろうと思います。

女性たちが交互にソ連軍の宿舎に行っては性的な接待を務める。そのこととの交換で、襲撃からガードされ、食糧を確保し、生き延びて、開拓団はかろうじて日本へ引き揚げてきました。

旧開拓団は村に戻って暮らし始めますが、そこでは、満洲で犠牲となって働いた女性たちが陰口を叩かれ、また、差別されるということが起こりました。本当であれば土下座をして謝らなければいけない立場にある人たちが、むしろその女性たちを貶《おとし》めもしたのです。

ひとりまたふたりとその土地を離れていなくなり、あるいは亡くなり、平成二十五年になって初めて、生存者数名の内のおひとり、当時八十九歳になっていた女性が講演会のスピーチでこれらのことを語り、明らかにしました。

日本人同士で計画し、自らが女性たちを選別し、みんなのためだとして強制的にソ連軍のもとへ送り出したというこの歴史は、戦後七十年以上、公には語られず、忘れ去られようとしてきた歴史です。

「乙女の碑」が、はたしてどれだけの記憶を呼び覚ますことができるか、それはわかりません。けれども、これはやはり、けっして捨ててはいけない記憶です。放っておけば、こうした重い歴史もすぐに忘れ去られてしまうでしょう。

語り継ぐのは
ヒトであり、モノである

戦争の体験というのは、これまでにもずいぶんと語られてきたように思います。しかし、引き揚げの体験というのは、なかなか語られることがありません。

なぜかというと引き揚げ者には、自分たちが背負っている、自責の念があるからです。向こうから受けた一方的な被害ならば口にもするでしょう。そうではなく、自分たちがやったこと自体に後ろめたさのある人が少なくないのです。

ぼくは平壌《ピョンヤン》にいました。みな、食っていけません。たとえば朝鮮人や中国人の間で日本人の子供というのは人気があり、「売ってくれ」、とやって来ます。お金に替えたり、物資に替えたりしていました。

そういうことがたくさんあって、最後まで生き延びた人たちだけが引き揚げて帰ってきます。ぼくは、「帰ってきた人間はみんな悪人である」、と言っています。

お先にどうぞ、などという優しい人はすべて生き残れずに取り残されてしまいます。乱暴に周囲を押しのけて前に出るようなエゴイスティックな人間だけが、帰ってくることができたのです。帰ってきた人間はみんな悪人であり、そして、ぼくもまたそのひとりです。


民衆は歴史から取り残されるものです。武将や大名や軍部や国が破れたなどという大きな話については、歴史は取り扱います。織田信長を討った明智光秀が山崎の戦いで羽柴（豊臣）秀吉に破れた、などということは語られますが、そこに民衆が出てくることはありません。

合戦や戦争のたびごとに、どれだけ普通の人たちが迷惑あるいは被害を受けたかということは語られません。歴史というのは要約です。時代を抽象するものです。歴史の背後にある記憶のディテールが表に出てくることはありません。

そうであれば、民衆の記憶というものはやはり、親が息子に語り、息子が孫に語りというようにして残らなければいけないものです。

人間は、なんとあっという間に記憶を捨ててしまうものでしょう。

二十世紀初頭に第一次世界大戦がありました。一千万人に近い人たちが死にました。世界が本当に終わる、というくらいに人々は驚き慄《おのの》いたのです。

第一次大戦が終了したとき、講和会議の開かれたパリでは、市民全員が踊り狂うくらいに喜んで平和の訪れを歓迎しました。しかし、すぐにまた、第二次世界大戦が始まります。

誰が戦争を起こしたのかなどといった、そういう問題ではありません。どうして戦争の記憶というものが継承されないのか――、そう思うのです。

*

体験を語る人はどんどんいなくなります。太平洋戦争に仮に二十歳で参加したとしても、その人は、今はもう九十歳を超えています。

戦争と戦後の、記録ではなく記憶というものが、ほとんど伝わらなくなってきています。私たちが戦争を知ろうと思えば、資料を調べて勉強した人の説を聞く以外にありません。

記憶というのは文字ではなく、体感であり、身体のなかに入っているものです。平和憲法があるから戦争をしてはいけないというのではなく、戦争とはこんなに辛いものだった、という記憶が残っているから戦争は嫌なのです。

北朝鮮がテポドンの発射実験を行ったとき、農村でサイレンが鳴り、農作業途中の人たちが田んぼのあぜ道に身体を伏せる映像がテレビで流れました。ぼくはそれを見て、戦時中のことを鮮烈に思い出しました。ぼくらは戦争しているのか、と錯覚するほどの思いでした。

記憶を語り継いでいくのは、本来は人です。しかし、人はいずれ亡くなります。人がいなくなるのであれば、あとはモノしかないのではないか。ぼくはそう思っています。

ぼくのガラクタたち

その陸

小さな木箱

ボールペンやクリップなどを雑然と入れて机の上に置いてある。韓国・ソウルの地下商店街の土産物。

あとがき――人生後半期は「豊かな回想の時代」であり、「黄金の時代」

本書で述べたように、ぼくは〈モノを捨てる〉ということを滅多にしません。着なくなった服や、もう履く可能性のない靴、古いトランクなど、山のような「ガラクタ」に囲まれていると言っていいほどの暮らしぶりです。

捨てたいのに捨てられない。そういうこととは少し違うような気がしています。ぼくの場合、「あえて捨てるようなことはしない」という感じでしょうか。

なぜあえて捨てないのかと言えば、身のまわりにあるモノたちを見たり手にとったりすると、まず、それを手に入れたときの〈記憶〉が鮮やかに蘇ってくるからです。

そして、そのモノがきっかけとなって、当時の出来事や空気感を一気に思い出します。たとえば、古ぼけたマッチひとつをとっても、そういうことが起こります。それがとても面白いのです。

とは言っても、けっして「捨てる」ということに反対しているわけではありません。モノを捨てるな、などというメッセージを発信するつもりもありません。ただ、生活空間をスッキリさせなければいけないという強迫観念にとらわれている現代人が少なからずいるのだとすれば、もちろんそれもひとつの生きかただけれども、そうではない、モノを捨てない生きかたというものを考えてもいいのではないか。そう思っているだけです。

もし、この瞬間に、身のまわりにあるモノをすべて捨てて、スッキリした空間に身をおいたとします。はたして、幸福でしょうか。

モノをどんどん捨てていくということは、自分が生きてきた人生、そして、自分が過ごしてきた時代という〈歴史〉を捨てていくのと同じことのように思います。

自分が暮らしている部屋から、奥行きというものがどんどん失われていくような気がするのです。

捨てられないのは、もちろん執着する心があるからでしょう。

執着はよくないという話も聞きますが、モノに執着し、ヒトに執着し、イノチに執着するのが人間というものです。

＊

いよいよ「人生百年時代」がやってきました。

日本人の平均寿命を考えれば、少なくとも九十歳までは生きるのだと覚悟しておくほうがいい。かつては六十歳が人生一区切りと考えられていましたが、いまはそこからの三十年間をもっと大切にしなければいけない時代です。

でも、どうでしょう。この、六十歳からの後半生を中心として考える人生の指針、人生観というものが、まだできていないような気がします。

そういうなかで、ぼくは〝捨てない生きかた〟に、その大きなヒントが隠されているのではないかと考えているのです。

人生の前半期は、山の頂上を目指して懸命に登り続けてきた。そして後半期のいま、下山の段階にある。前進あるのみと励んできた道を振り返りながら、いわば背後を見つめつつ歩いていく。

これはけっして後ろ向きなことでも、寂しいことでもありません。成長期がやっと終わった。これからは成熟に向かって進んでいく。そう考えるほうが正しいと思います。

人は裸で生まれてきて、ゴミに囲まれて死んでいく——そういうものではないでしょうか。

記憶という自分が生きてきた証《あかし》、また時代という歴史の記憶さえ呼び出してくれるモノたちに囲まれて過ごす人生は、とても豊かなもののように思います。私たちの後半生は、芳醇《ほうじゅん》な回想の時代であり、黄金の時代なのです。

この本を読んで、ひとつでもふたつでも面白いと思われるようなところがあれば、ぜひ参考にしていただきたいと思います。

令和三年師走

五木　寛之

五木寛之（いつき・ひろゆき）
1932年福岡県生まれ。朝鮮半島で幼少期を送り、47年引き揚げ。52年早稲田大学ロシア文学科入学。57年中退後、編集者、ルポライターを経て、66年『さらばモスクワ愚連隊』で小説現代新人賞、67年『蒼ざめた馬を見よ』で直木賞、76年『青春の門 筑豊篇』ほかで吉川英治文学賞、英文版『TARIKI』は2001年度「BOOK OF THE YEAR」（スピリチュアル部門）に選ばれた。02年に菊池寛賞、09年にNHK放送文化賞、10年『親鸞』で第64回毎日出版文化賞特別賞を受賞。代表作に『風の王国』『大河の一滴』『蓮如』『下山の思想』『百寺巡礼』『生きるヒント』など。

マガジンハウス新書 001

捨てない生きかた

2022年1月27日　第1刷発行
2022年4月1日　第5刷発行

著　者　五木寛之
発行者　鉄尾周一
発行所　株式会社マガジンハウス
〒104-8003　東京都中央区銀座3-13-10
書籍編集部　☎03-3545-7030
受注センター　☎049-275-1811

印刷・製本所／中央精版印刷株式会社
ブックデザイン／TYPEFACE（CD 渡邊民人、D 清水真理子）
写真提供／中本徳豊
編集協力／尾崎克之

ISBN978-4-8387-7501-9 C0295